U0939340

풀빵엄마

妈妈，我又想你了

（韩）鲁京姬—著

千太阳—译

北京联合出版公司

图书在版编目（CIP）数据

妈妈，我又想你了 / (韩) 鲁京姬著 ; 千太阳译
. — 北京 : 北京联合出版公司, 2013.5
ISBN 978-7-5502-1463-7

Ⅰ. ①妈… Ⅱ. ①鲁… ②千… Ⅲ. ①长篇小说—韩国—现代 Ⅳ. ①I312.645

中国版本图书馆CIP数据核字(2013)第066248号

妈妈，我又想你了
作　　者：(韩) 鲁京姬
译　　者：千太阳
选题策划：北京磨铁图书有限公司
责任编辑：孙志文
封面设计：伍霄
责任校对：校对网

北京联合出版公司出版
（北京市西城区德外大街83号楼9层　100088）
北京慧美印刷有限公司印刷　新华书店经销
字数100千字　880毫米×1230毫米　1/32　7印张
2013年5月第1版　2013年5月第1次印刷
ISBN 978-7-5502-1463-7
定价：28.80元

本书若有质量问题，请与本公司图书销售中心联系调换。电话：010-82069000

推荐1

在祈祷中，我们无与伦比地虔诚，敏感而富有才气，只为给人关爱和快乐。

*Mom and the Red Bean Cake*是一个充满深切思念和感人情节的动人故事。

拥有无尽献身、牺牲精神的妈妈和孩子的亲情故事，给予了我们许多超出痛苦的感动。

妈妈爱孩子，爱得霸道而坦然；妈妈爱孩子，爱得盲目而自信。

——李海仁（修女，著名作家、诗人）

李海仁，韩国修女，著名作家、诗人。韩国人对李海仁修女十分敬重，因为她的著作饱含令人感动的信息和人文关怀，是很多韩国人的“精神食粮”。

推荐2

为纪录片*Mom and the Red Bean Cake*录音，是我经历的最艰难的一次录音。长期的工作经验和行业素养告诉我，在录音中尽量避免个人感情的过度介入。我为它录了几次音。第一次、第二次……我控制不住自己的情感，失声痛哭，配音无法继续。因为工作安排紧凑，最后一次，我深呼吸，强忍住内心情感，咬着牙、狠着心完成了录音。

我是一位工作人员，同时我也是一位妈妈。当我失声痛哭时，是因为我把自己还原到一位母亲的立场。

妈妈走之前，强忍病痛，每天做烤面包、卖烤面包，只为孩子能开心过好每一天；妈妈走之前，留下一个又一个视频，她怕孩子不原谅她的离去；妈妈走之前，就算再痛，再难受，也要跟孩子过每一天；妈妈走之前……

妈妈病了，孩子们再三祈祷，他们不知道妈妈可能马上就会死去。妈妈绝不能死去！可是妈妈还是走了。但我相信，就算妈妈不在了，姐姐珍珠和弟弟仁宇永远都会记住妈妈；就算珍珠和仁宇叫姨母“妈妈”，他们也还会在心里叫已经不在的妈妈。就像吃过烤面包馅儿中甜甜的红豆的顾客不会忘记烤面包一样，他们也绝不会忘记妈妈人生中的每一个瞬间……

——许秀京（韩国知名节目主持人、配音员）

序言

超越国界、感动世界的烤面包母亲的爱

遇见烤面包母亲崔正敏女士之后，我们将她的故事拍摄成了纪录片*Mom and the Read Bean Cake*，并在电视台播放。看完纪录片后，我脑海中“家人之间的珍贵亲情”久久挥之不去。这到底是怎样一个感人肺腑的故事啊！一位单身母亲身患残疾，然而上帝并没有因此而厚待她，而是跟她开了一个大大的玩笑——她已经是胃癌晚期了。抗癌的治疗使这位单身母亲身心俱疲，但是她依然拖着这样的身体从凌晨开始准备和面做面包。她迎着冬季刺骨的寒风，乃至晚上九点还在做面包生意的唯一理由就是为了自己的女儿和儿子。她一向认为，与照顾自己相比较，照顾好女儿和儿子才是更重要的。即便是她病倒了，她还是在时时刻刻挂念着自己的孩子。单身母亲倾其所有，至死维护家人的精神使我们感到无以言说的悲伤，但同时也直抵人的内心深处并给人以感动和温暖。

我向来认为家庭的亲情正是人类共同的本性，所以*Mom and the Red Bean Cake*带给人们的感动超越了国界，这也正是这部纪录片成为韩国纪录片历史上第一部获得国际艾美奖纪录片殊荣的原因。拍摄这部纪录片的时候，从制作人的立场出发，仅用一个小时的时间来传达一个人所承受的多种感动是件挺不容易的事情。因为一般的电视节目只是带给人暂时性的感动，而使用童话制作成的节目能够带给人们长久的感动，这是非常令人高兴和感激的事情。特别是肩负我们这个社会未来的小孩子所读的被称作是童话的事实更使我心潮澎湃。

在每年的家庭月五月，MBC作为特别企划播放了“MBC实录之爱”，这个实录制作了长达三年的时间，意在传达家人之间的珍贵亲情。很多观众朋友在观看了这个实录之后，开始反省自己对家人的疏忽，并下定决心努力对自己的家人付出更多的关心。每当这种时候，很多人都能体会到家人的重要，但是却不知该如何充分地表达这种亲情。这种亲情如同这个世界的水和空气一样重要，然而很多人认为这是自己理所当然应该获得的。

真正具有智慧的人懂得如何去管理这种珍贵的亲情，以免它流失。我们能够通过烤面包妈妈感受到巨大震撼的原因在于，她的内心全都是伟大的家庭亲情。对于希望能够成为像烤面包妈妈一样拥有美好的家庭亲情的人而言，希望本书能够起到启迪心灵的作用。

这一刻，对妈妈说“我爱你”

今天去学校的时候，你和妈妈四目相对道一声“再见”了吗？或者是你仍然像往常般在门口一边穿运动鞋，一边用不耐烦的语气和妈妈说“再见”？如果是按照后者的方式说声“再见”，很明显不会关注妈妈是否听见了这句话。但是即使是这样，妈妈可能会一如既往地追出来问一句“还没检查勺子、筷子和水杯是否齐全就走吗？”或者“都准备好了吗？还需要钱吗？”有时候，妈妈把你送到门外，还会补充几句诸如“路上小心，好好学习，要听老师的话，放学后不要到处乱跑，赶紧回家”之类的话。不管是什么样的家庭，这样的场景每天早晨都会上演。大多数孩子可能会觉得大人这样太唠叨，是的，在一个人没有长大之前，他都会有这样的想法。大家的朋友、妈妈以及写这篇文章的我也有过这种想法。但是，如果连这样的唠叨都再也无法听到了，那将会怎么样呢？

这个故事让我回想起了小学三年级的珍珠和妈妈共同度过的最后六个多月的时光。为了年幼的珍珠和仁宇，饱受病痛折磨的妈妈在最后时刻仍然在和病魔做斗争，她并没有放弃最后的希望。某一个瞬间她深陷在无尽的不安之中，某一个瞬间她又向上帝虔诚祈祷，她所能做的就是把全部的爱给自己的孩子……所以，妈妈悄悄地为两个孩子准备了一封又一封特殊的书信——影像信。这些书信饱含着妈妈深沉的爱，她希望这些书信在以后能够帮助自己的孩子减轻心理上的离别之痛。

不论是谁，不管是小时候还是长大成人，我们总是希望妈妈能够陪在自己的身边。但是，我想说，希望每一位阅读此书的朋友能够跟随着珍珠对妈妈的回忆认真思考一下亲情的重要性。

试想，如果某一天一个人再也看不到自己的母亲，或者那一天即将来临，那么此时此刻，或者今天显得多么重要啊！妈妈还留在这个世界上，在自己的身边，这是多么值得

感激的事情啊！一些人为了克服离别之痛进行离别的练习，这种事情是完全没有道理的。我们需要做的事情就是明白亲情的伟大，明白和家人在一起的时光是多么美好，这就够了。

大家或许通过题目就已经觉察到，本书是以“MBC实录之爱”中播放的*Mom and the Red Bean Cake*为基础创作而成的。五十分钟的实录节目不可能全部描述出孩子们和妈妈之间的亲情，所以作者用细腻的笔触增加了对家庭亲情的描述。

合上本书的一刹那，我开始小声地吟诵李海仁修女的《呼喊母亲的时候》，同时脑海中浮现出一幅画面，大家走向妈妈身边，亲切地叫一声“妈妈”。

呼喊母亲的时候

即使是年迈的老人

也会变成孩童

笑得很灿烂

同时也会伤心地哭泣

喜欢的时候爱不释手

不稀罕了就会抱怨个喋喋不休

即使变化无常

也会被原谅

又是欢喜又是感激又是快乐

呼喊母亲的时候

邪念也会远离

当然更不会犯罪

无论是有母亲

还是没有母亲

每次呼喊母亲的时候

心灵就会得到净化

这样的幸福如同回到孩童时期

——李海仁《呼喊母亲的时候》

等待着春天的到来

鲁京姬

目录

第一章 两年后 /1

妈妈的影像信1 /16

第二章 我的妈妈，烤面包的妈妈 /21

妈妈的影像信2 /33

第三章 周末家庭 /37

妈妈的影像信3 /47

第四章 珍珠的祈祷 /51

妈妈的影像信4 /62

第五章 忧郁的圣诞节 /67

妈妈的影像信5 /79

第六章 空白爸爸 /83

妈妈的影像信6 /101

第七章 惊喜的礼物 /105

妈妈的影像信7 /125

第八章 最后的烤面包 /129

妈妈的影像信8 /141

第九章 才艺庆典 /145

妈妈的影像信9 /160

第十章 回家 /163

妈妈的影像信10 /172

第十一章 离别 /177

妈妈的最后一封影像信 /186

第十二章 回信 /189

给妈妈的第一封回信 /195

尾声 我们过得很好 /201

写写读后感 /205

第一章

两年后

“珍珠，你真的要早走吗？要是你先走了，那些男孩子肯定也会溜走的！”

不顾善敏的苦苦哀求，珍珠急急忙忙地收拾好了书包。以前下课后，珍珠都是跟死党善敏和晓京一起回家的。但是今天情况却不同，珍珠都来不及跟她们打招呼，就急急忙忙地准备离开教室。

“对不起啊，今天是星期三，我们各自回家吧，分别再想想各自的创意，等到明天再讨论。这样兴许能想出一个更

好的方案呢！”

为了学期末的才艺大赛，她们原本计划好，下课后讨论好到底要出什么节目。重点要提的是，以准备才艺比赛为借口，不用去上那些烦人的课后辅导班，这对她们来说，可是比才艺比赛还要有吸引力的事情呢。原本对才艺比赛就没多大兴趣的男孩子们，看到珍珠准备回去了，也纷纷开始收拾书包，一个个从后门悄无声息地溜走了——不用猜都知道，这群男生肯定是到操场去踢足球了。

升到三年级后，男生女生之间的矛盾变得越来越大了。但神奇的是，那些对女同学嗤之以鼻的淘气包，居然心甘情愿地服从珍珠的各种安排。

善于倾听朋友们喜怒哀乐的珍珠，不仅跟男孩子们很聊得来，就连陀螺、打纸牌等男孩子们酷爱的游戏也玩得有模有样。可是每到周三，她就急急忙忙地独自消失在同学们的视线里。

因为总是担心来不及，珍珠三步并作两步跑下楼，来到了位于下一楼层的一年级教室。就在今年，弟弟仁宇也来到了珍珠所在的学校。

“姐姐，你迟到了！”

仁宇站在鞋柜前一脸焦急地对珍珠说道。珍珠弯下腰来，把仁宇换下后随意丢弃在室内的鞋子收起来，整整齐齐地放进鞋柜，然后伸过手去接过了仁宇的书包。

仁宇的班主任站在一旁默默地看着这对姐弟，面带微笑地冲着仁宇说道：

“仁宇，你在室内穿的鞋子该由你自己来收拾啊，平时你不是做得很好吗？”

“老师，您好！今天我们家仁宇表现得乖不乖啊？”珍珠对老师深深鞠了一躬。

“放心吧，珍珠。他也就是在见到你的时候撒撒娇而已，上课的时候像个男子汉一样，表现得很好呢！”

“是吗？谢谢您对仁宇的关照！今天也是我带他回家。”

“好的，再见！”

只听内容，真像是一段老师和家长之间的对话。一开始，面对如此早熟的珍珠，老师也有些不习惯。可是现在，老师已经非常愿意主动地去跟珍珠聊仁宇的各种问题。上次

65

仁宇没有交听写的作业，老师跟珍珠说了后，这类事情再也没有发生过。

学校离珍珠家只有五分钟的路程。平时，仁宇可以自己放学回家。不过每周三，他就会在附近的文化中心足球训练班练习足球。所以每到周三，珍珠就会送仁宇去操场。“要是仁宇迷路了怎么办？遭遇了车祸怎么办？”珍珠时刻都不能放下心来。“要是连仁宇也没了，那该怎么办啊？”这是珍珠连想都不敢想的问题。每当有这个念头产生时，她就会紧紧地握住仁宇的小手，生怕一松手的瞬间他就不见了。

“姐姐，我热！你看我的手都出汗了！”

“不行，过了马路后我才能放开你的手。妈妈跟我们说过，过马路时我们两个人一定要牵着手，难道你忘了吗？有一次我们过马路没牵手，被妈妈发现了，那天她很生气！”

“我不知道，再说，我们现在再也见不到妈妈了！”仁宇努着小嘴嘟囔着，并没有甩开姐姐的手。

此时已是七月，马上临近暑假了，天气变得十分炎热。在太阳底下走一小会儿，马上就会汗流浃背。今天同样也是一个大热天。记得妈妈离开珍珠和仁宇的那天，天气也非常

的热，珍珠额头上的汗珠和眼角的泪珠一起顺着小小的脸颊流了下来。虽然这一切直到现在都无法让人相信，姐弟二人还像是在做梦一般，可是，妈妈离开他们已经快两年了。

“加油啊！要紧盯着足球，不要摔倒，摔倒了也不要哭！仁宇，不要在没有姐姐的地方自己哭鼻子，明白了吗？”

“你每天说的话都一样！”仁宇有些不耐烦了。

送仁宇到足球训练班的珍珠，活脱脱就是一个“妈妈”。其实，这些话都是以前妈妈跟他们讲过的。在珍珠和仁宇更小的时候，送他们去幼儿园时，妈妈每天也都会重复这些话。

“珍珠，妈妈不在的时候千万不要哭，再伤心也要忍住眼泪，等到和妈妈见面的时候在妈妈的怀里再尽情地哭。向妈妈保证好吗？让别人看看，珍珠和仁宇是最坚强的孩子。”

现在妈妈不在了，所以这些话只能由珍珠讲给仁宇听。而且，这也是珍珠和妈妈之间的最后约定。虽然珍珠至今还无法相信这一切，但是和妈妈的约定永远都不能忘记。为了

信守与妈妈的约定，珍珠会经常向仁宇唠叨。

目送仁宇进操场后，珍珠转身向学校的方向走去，因为她也要马上赶去一个地方——明星舞蹈班。每当周三仁宇练习足球的时候，珍珠就会在明星舞蹈班学舞蹈。一开始是为了打发时间，仁宇踢球要好一会儿。可是最近学舞蹈对珍珠来说不一样了。每到周三，珍珠的衣着也开始有了变化。今天她穿的是绣着蕾丝花边的裙子、紧身的T恤和带蝴蝶结的小皮鞋。

舞蹈班位于大楼的四层，为了节约等电梯的时间，珍珠一般都会一口气跑上楼去，很少搭乘电梯。跑到三楼时，她就听到了从四楼传来的音乐声。也许是跑得太快了，她觉得心扑通扑通地加速跳起来。

“珍珠，你今天也迟到了哦，每周三是不是都轮到你值日啊？”

为了送仁宇去足球场，珍珠每次都会迟到五分钟，但是她并没有向老师说明过原委。她不想以弟弟作为借口，只是冲着老师露出灿烂的笑容，而舞蹈老师也对她微微一笑。

舞蹈班里从教芭蕾、爵士舞、踢踏舞，一直到最近流行

的乐队组合的最新舞蹈。五六年级的姐姐们已经在学少女时代和Wonder Girls等少女组合的超炫舞蹈，而目前还在基础班的珍珠只能学一些基本的舞蹈动作。虽然基本动作也很难，可是珍珠觉得能尽情跳舞的这个时刻非常美好。悦耳的音乐声，让人心跳加速的节奏，踏着优美的旋律尽情跳舞时，既可以忘掉和妈妈的约定，也可以暂时不用再担心仁宇。

偶尔通过那面大镜子，看看正在尽情跳舞的自己时，珍珠仿佛就会看到妈妈的身影。上幼儿园时，珍珠也学过舞蹈，那时妈妈就坐在一边静静地观看正在跳舞的珍珠，每次脸上都会挂满慈爱的微笑。

妈妈说，自己长这么大从没跳过舞。小时候得过小儿麻痹症的妈妈，走起路来一瘸一拐，因此也没有像别的小朋友的妈妈那样身穿漂亮的裙子，脚蹬优美的高跟鞋。所以，每当看到珍珠穿着漂亮的裙子跳舞时，妈妈就像是自己在跳舞一样一边笑一边为珍珠鼓掌。

“妈妈，您好！您知道我多么希望在梦里见到您吗？可是您偏偏不来，而只要一跳舞，您就准时出现在大镜子里。妈妈，您看，我今天的裙子漂亮吗？我跳得好看吗？”

珍珠有时一边跳舞一边这么跟镜中的妈妈对话。

“下雨了！”先下课等着出门的那些五年级的姐姐大声喊道。

一整天都是闷热的坏天气，看来要下雷雨了。早晨出门时，天气很好，阳光明媚，所以珍珠并没有带雨伞。

“仁宇该怎么办呢？他跑了这么半天，踢球肯定流了很多汗，淋雨后感冒了可怎么办啊！”

虽然珍珠自己也流了很多汗，可是她这时想到的还是弟弟仁宇。这时，有人在喊珍珠：

“珍珠，李珍珠，下课了就赶紧出来吧，妈妈来接你了。”

妈妈？！难道是大镜子里面的妈妈怕珍珠和仁宇淋雨感冒，特意带雨伞来接他们了？珍珠赶紧收拾好书包，迅速地跑到教室外面。

“啊，姨妈……不，妈妈！”

珍珠的脸上写满了失望。是啊！妈妈怎么能从镜子里出来呢？

“是我，珍珠。妈妈怕你和仁宇淋雨，所以特意带雨伞

来接你们了。”

“那……商店怎么办呢？”

“不用担心，我让爸爸先照看一会儿。”

妈妈，珍珠现在叫妈妈的人，其实就是她的姨妈。

妈妈去世后，珍珠和仁宇来到了姨妈的家。前几天姨妈小心翼翼地向珍珠和仁宇问道：

“珍珠、仁宇，你们知道吗？从现在开始你们俩就是姨妈的孩子，我和你们的姨父肯定会努力，会让你们上大学，让你们结婚……这是我跟你们妈妈的约定。”

其实，姨妈的家境也并不富裕，有上中学和小学五年级的哥哥。以前他们住的是两居室，珍珠和仁宇过来后，一家人则搬到了三居室的家里。

“所以，孩子们，从现在开始你们要管我叫妈妈，管姨父叫爸爸，你们觉得怎样呢……我觉得这样的话，彼此间会变得更加亲密，真的能变成你们的妈妈和爸爸，这也是你们妈妈的意思。”

可是，珍珠无论怎样也无法欣然地接受这个提议。

“那我妈妈呢？我和仁宇叫您妈妈的话，我妈妈呢？”

“你妈妈永远会是你们的妈妈。”姨妈面带悲伤，慢慢地回答道。

“可是，我们把您叫成妈妈的话，有一天要是忘记了妈妈，那该怎么办啊？”

“不会的，绝对不会！”

“不是的！我不会忘记妈妈，可是仁宇他还很小，过不了多久他会忘记妈妈的。没人想起妈妈的话，妈妈会很可怜的！”

虽然珍珠和妈妈约定过，妈妈不在的时候一定不哭泣，可是眼泪还是像断了线的珠子一样从她的眼中滴答滴答地往下掉。姨妈也是咬着嘴唇强忍着不让眼泪掉下来。过了一会儿，姨父打破沉默说道：

“老婆，放给她看吧，本来就是留给她的……”

“还不是时候，你没看见现在一提到妈妈，她就会哭吗？”

“我想要是听到妈妈的声音，孩子们说不定反而会好起来的。”

姨父不顾姨妈的阻挠，从衣橱的抽屉里拿出了一个信

封，里面装了一张CD。

“珍珠，这是你的妈妈让我转交给你的。是你妈妈亲自对着摄像机拍摄的影像文件。她说，当你和仁宇想妈妈的时候，感到伤心难过的时候就放出来看看。我本来想等到你们稍微长大一些之后再拿出来放给你们看的……我想今天该是给你们看的时候了。这张碟我现在交给你，以后想妈妈的时候，就自己放出来看吧。至于叫不叫我们‘妈妈、爸爸’，等你自己看过妈妈的影像文件后再做决定吧。”姨父平静地说。

“是啊，姨妈也不希望你们把妈妈忘掉。妈妈是怎样把你们养育长大的，你们应该时刻牢记在心里。我很想当你们的妈妈，也是为了能够更好地照顾你们。只有你们健康、快乐地成长，你们的妈妈在天国才能不担心……”

珍珠接过CD，小心地放进电视机下面的影碟机里。为了不妨碍她，姨妈和姨父悄悄地走到了外面，轻轻地关上了房门。

不一会儿，电视机中出现了妈妈的影像，虽然感觉有点儿怪怪的，可是正如在镜子中对着珍珠微笑那样，电视中的妈妈也是一脸的笑容。这是妈妈在还没去天国之前，抽空对

着摄像机留下的影像，是妈妈特意留给珍珠和仁宇的影像文件。

珍珠开始改口管姨妈和姨父叫“妈妈”和“爸爸”，也是因为这盘影像文件。通过观看这些文件，珍珠明白了妈妈是多么爱自己和仁宇，而且她也明白了妈妈所希望的是什么，包括该怎么记住对妈妈的爱。

妈妈的影像信1

珍珠，看到妈妈了吗？

镜头有没有倾斜啊？

啊啊！声音听得清楚吗？是不是该调大一点儿呢？

呵呵，嗯，妈妈第一次对着摄像机说话，总感觉有些别扭。

嗯……今天是十一月十五日，你和仁宇此刻正在幼儿园里。

妈妈今天得去打抗癌针，所以没办法去接你们，对不起！

珍珠，以前你老问我："妈妈，您哪里疼啊？"每到这个时候，我都回答说是"肚子疼"，你还会过来给我揉揉。

今天，妈妈告诉你实话吧！

其实，妈妈得了胃癌。

你也不要太害怕。

医生说，虽然胃癌是很让人害怕的疾病，

可是妈妈不担心，因为有你们在！

去年，妈妈就知道自己得了这个病，而且接受了一年的抗癌治疗。

你还记得吗？圣诞节和元旦，妈妈都是在医院中度过的……

之后，医生说妈妈康复了，所以春天妈妈出院回家了。

可事实上……妈妈的癌症又复发了。

但是，妈妈这次也不会担心，

妈妈一定会战胜病魔的。

能守护你们的只有妈妈，

妈妈不能输给癌症。

妈妈会战胜病魔，

直到你们长大成人的那天为止。

不管是下雨还是下雪，

不管是炎热还是狂风大作，

我都会保护你们。

女儿，你相信妈妈吧？

今年的圣诞节，跟妈妈好好过吧！

元旦时，我们一起吃美味的年糕汤吧！

还有，等以后有空时，妈妈会多拍摄一些这样的影像。

现在不能亲口讲给你和仁宇的话，

妈妈先录下来，

回头你们再看时，

我想你们会对妈妈多一些理解吧！

今天是第一次拍摄，就拍到这里吧。

怎么样呢？镜头里的妈妈会不会看起来很别扭呢？

呵呵！

珍珠、仁宇，

妈妈爱你们！

妈妈很爱很爱你们！

妈妈是什么时候录了这段视频呢？妈妈是从那时就知道了不久之后自己就要去天堂了吗？屏幕上面显示着那醒目和刺眼的日期——十一月，那时的妈妈穿着毛衣，头上戴着帽子，那应该是三年之前。珍珠还在上幼儿园的七岁那年的冬天，对妈妈而言是最后一个冬天。那时珍珠万万没有想到自己会与妈妈就这样离别，虽然她知道妈妈住院接受了手术，但她一直都认为妈妈的病情会好起来的。假如，那时她知道与妈妈在一起的时间不多了，结果会怎么样呢？记忆的片段在珍珠的脑海中一一掠过，她回到了与妈妈在一起的时光中。

第二章

我的妈妈，烤面包的妈妈

正式进入冬季的十一月份，那是妈妈一年之中最喜欢的月份。因为在瑟瑟的寒风呼呼刮起来的时候，在天气寒冷的日子里，妈妈的生意才更好做一些。珍珠妈妈在街道边叫卖着自己亲手做出来的、香气扑鼻的面包。那悬浮在半空、白色的蒸汽中久久掺杂着甜丝丝的味道，还有妈妈那再熟悉不过的布篷车。每当回想起这一场景时，珍珠不知不觉间就会喉咙哽咽起来。妈妈做的面包是菊花形的，她将浓稠的面糊倒进面包模具后，总会在上面轻柔地铺上一层个头儿饱满的

甜小豆。然后，妈妈会再次耐心地浇上一层面糊，就这样不一会儿，诱人的香气就从烤箱里渐渐飘散出来了。刚从面包模具中取出的面包的皮是酥酥脆脆的，一口咬下去便能吃到里面热腾腾、甜丝丝的面包馅儿，哇，真是让人回味无穷的口感！妈妈做的面包总是很有人气，总会有很多的回头客等着买妈妈的面包。

“老人家您又来了？”

“我老伴真的很喜欢吃你做的面包。我买回去让她给这些面包打打分吧！”

“呵呵，多给您放两个，让大婶也帮忙打打分吧！”

“哈哈，多谢，多谢啊。”

“您慢走，欢迎下次再来买面包呀！”妈妈说话的时候，声音里总是充满温柔的笑意。

妈妈的面包原本是五个卖一千韩元（约合人民币六元），不过妈妈总会因为这样那样的理由，给顾客们多放一两个。

“您好，我买一千韩元的面包。”

“小同学，今天怎么这么早就回家了？”

“我们今天期末考试呢。”

“哦，原来是这样啊！考得好吗？”

“唉，他考得好，我这次没考好呢。”

“别灰心啊！大婶给你再添一个，你们两个每人分三个，一起吃。好好努力复习，等明天再考试的时候，两个人都会考出好成绩的！”

后来，街头上的美味食物渐渐地多了起来。相比之下，烤面包就没以前那么有人气了，但大家还是面带微笑地照例来买妈妈的烤面包。每当此时，妈妈的脸上就会绽放出更灿烂的花朵。

“妈妈，为什么您总是会多给客人一两个面包呢？”

“因为客人喜欢啊。”

“那不是很可惜吗，您做面包那么费力……”

“不是这样的，这并不是白白送出的。在妈妈看来，虽然只是送出一两个面包，但这些总能给那些人带来短暂的幸福。看到这些妈妈就会很高兴呢。珍珠啊，你想一想，这一个小小的烤面包就能让大家这么高兴，你再想想那些爱吃烤面包的人，他们真是让妈妈充满动力啊，无论如何我得更加

菊花面包 1000韩元

努力地做生意。妈妈加把劲儿的话，就又能给珍珠买上小学穿的漂亮衣服了。那不就是幸福吗？瞧瞧，妈妈这一两个面包可不是白白送出的吧？”

虽然没能全部理解那些话语的含义，但看着妈妈说话时幸福的表情，珍珠便认为妈妈说的话全是正确的。

每次到妈妈的小吃摊上时，珍珠都要吃好几个烤面包。有的时候呢，并不是因为她特别喜欢吃烤面包才吃好几个的——妈妈每次都是等卖光所有的烤面包后才会收摊，因为如果当天准备的面包没卖完的话，就不得不把它们扔掉。有的时候顾客多的话，妈妈就能早早地收摊，但有的时候到了夜里十点妈妈可能还没卖完。碰上那样的日子的话，妈妈、珍珠还有仁宇三个人要一直守着小吃摊，得等到半夜才能回家。

“我多吃几个，把烤面包都吃光的话，我们不就可以早点儿收摊了吗？”

珍珠总是非常焦急地吞下那几个剩下的烤面包，单看她那狼吞虎咽的样子，好像她真的很喜欢吃烤面包一样。

太阳徐徐落下，夜幕缓缓降临，路旁的路灯一瞬间就全

亮了起来。每到此时，仁宇就开始耍赖缠着妈妈要回家。狭窄的小吃摊里只有两把椅子，这里没有一个稍微像样点的可以坐的地方，更没有什么可以玩耍的东西。对那时只有五岁大的仁宇来说，他当然会耍赖啦！黑咕隆咚的夜路，又是零下好几摄氏度的气温，这两个孩子既不能在外面玩耍也不能两个人走回去。所以没有办法，每到这个时候，他们就跷着小脚，可怜巴巴地待在妈妈停在停车场的车中，一分一秒地等待着妈妈的生意能够快点儿结束。

夜色渐渐深了，人也一个个地在减少，整个停车场笼罩在一片黑暗和寂静当中。妈妈的车是货车，可以乘坐六个人，还能存放行李。如果挪动座椅的话，珍珠和仁宇便能在那里吃饭睡觉。但是，车子如果不启动的话，就仅仅能够阻挡一下外面呜咽的寒风，而车内的温度，其实同外面一样低。

唯一值得庆幸的是，珍珠和仁宇还能在一起。虽然车内很狭窄，但两个人还能扇洋画，甚至还能转陀螺，总之，几乎没有他们不能玩的游戏。尤其是在玩战争游戏时，汽车内便成了四周都被敌人围困起来的重要军事基地。如果远处开过来的其他车辆亮起的车头灯照射过来时，仁宇的嗓门便提

得更高了。

“驱逐外星飞船！外星人要发射火箭炮了。快攻击，快攻击！”

“队长，大事不好！那边又出现了一架外星飞船。这次可是一艘巨大的卡车飞船。好像我，我无……无法抵挡。”

“不行！你要全力攻击，攻击！”

珍珠虽然不喜欢玩这种战争游戏，但是因为仁宇非常想玩，所以她只好陪着他一起玩了。因为如果仁宇闹脾气的话，珍珠就得带着他到妈妈的小吃摊去，很明显这样就会妨碍妈妈做生意。如果想早一点儿回家的话，哪怕只是想早那么一丁点儿，珍珠就要听从仁宇的安排。所以每个在等待妈妈回来的晚上，仁宇都是神气的队长，而珍珠则是可怜的部下。

“你这个蠢蛋，连这个都抵挡不住！”

“你说什么，仁宇？你敢说姐姐是蠢蛋？”

“不是，不是，我现在不是队长吗？”

“哼，等游戏结束后再收拾你！”

“姐姐，快！那边！那边！这次是摩托车飞船！”

这样跟着仁宇的安排玩了一阵之后，等他觉得累了的时

候，就轮到珍珠当主角了。

“姐姐，现在想玩什么？”

“嗯……我们玩旅行游戏怎么样？”

珍珠最喜欢玩的就是旅行游戏了。她先换到前座同仁宇并排坐下之后，两个人就开始想象妈妈坐在空空的驾驶席上，三个人驾驶着货车到处旅行的样子。漆黑的前玻璃窗就像是在播放电影一样，一幕幕地徐徐展开。

“老是玩旅行游戏！”

“但每次我们去的地方都不一样啊！仁宇，你今天有没有特别想去的地方？”

“我想去游乐园！”

“你总是想去游乐园！”

“因为没去过所以才想去啊！姐姐在儿童之家时还去过呢，可我真的一次都没去过！”

“等你长到七岁，可以参加长颈鹿班时就能去啦。”

“真讨厌！我也想能像其他小孩一样，和妈妈姐姐一起去！”

“行啊！妈妈不是跟我们约定好了吗？如果妈妈身体不

疼的话，这次圣诞节就能带咱们去。我们到了那儿之后，先从什么游戏开始玩呢？”

“海盗船。”

“你个头还不够高，坐不了这个！海盗船，总是海盗船！我们先从离入口最近的旋转木马开始玩吧。”

“知道了，姐姐。我来说。坐完旋转木马后，我们再坐着空中列车绕游乐场一圈，然后是丛林探险，接着就玩碰碰车，对吧对吧？”

从这一点来看，像仁宇这么了解游乐园的孩子还真少。以前珍珠在儿童之家时，她们团体去那里时带回了一份地图。真不知道仁宇已经和姐姐玩了多少次这种旅行游戏。

“仁宇啊，在游乐场玩了这么久，我都饿了。现在该去餐馆吃午饭了。”

“姐姐，我要吃炸猪排饭。”

“可是我要吃意大利面。”

“姐姐，我想吃真的炸猪排。姐姐，你肚子不饿吗？妈妈到底什么时候才能收摊啊？”

“再等一会儿吧！”

“哼，总是再等一会儿，再等一会儿！”

就这样一会儿一会儿的，他们经常错过吃晚饭的时间。妈妈从仁宇过完一周岁之后就开始摆摊做生意。因为没有爸爸，妈妈又是一个人在路边摆摊卖烤面包来供珍珠和仁宇吃穿、上学，还要照顾好他们，因此生活总是显得紧巴巴的，所以妈妈就更不能停下生意不做。他们三个人从来没有一起去旅行过。即使是马上就要到眼前的游乐园之行，也因为妈妈的病痛而被取消，那个约定又被无限期地延后了。

“是妈妈！姐姐，妈妈回来了！”

不知道贴在窗户上贴得有多紧，变成猪鼻子的仁宇大声地叫喊着。珍珠迅速地打开车门迎了上去。珍珠伸手要和妈妈一起抬面糊桶，妈妈连忙劝道：“沉，珍珠。”

母亲的声音中没有丝毫的力气。如果生意好的话，面糊桶就会是空荡荡的，一点儿都不沉。看样子，妈妈最终还是没有卖光原本准备好的面糊。

“妈妈，你在这儿休息一下吧，我去拿壶和夹子。”

“行吗？那就拜托了！”

得到妈妈的允许后，珍珠一口气便跑到了小吃摊那边。

平时的话，妈妈一定会说“没关系，不用的，你们等着我吧，怪累的”，或者是牵着珍珠的手一起去拿东西。但是这次，妈妈真的是连一步都挪不动似的一下子坐在了椅子上。等收拾好东西返回来时，也不知道跑得有多快，珍珠上气不接下气地张开口，大口大口地哈着热气。

“没事吧？珍珠啊，干吗要跑那么快呢？”

珍珠的心脏跳得快到嗓子眼了，但和妈妈的脸色相比起来这都不算什么。

“妈妈，我没关系。可是妈妈啊，你的脸色真的很苍白呢。”

“没关系。我们快回家吧。”

“妈妈，炸猪排，我很想吃炸猪排。”

生意很晚结束的时候，三个人有时也会在外面吃饭。

“嗯？好，仁宇。但不是今天，妈妈以后再买给你好不好？”

“我就要现在！我现在肚子就饿了。”

“呀，李仁宇你就不能安静点儿吗？没看到妈妈很难受吗？妈妈不是说过吗？如果经常疼的话，圣诞节就不能带我

们去游乐园了。”

“哪有这样子的啊！我肚子饿了，我要吃炸猪排！”

此时坐在驾驶座上的母亲实在忍受不了疼痛了，她开始干呕。

手术后也没能好好吃饭的妈妈，分明没有吃晚饭，为什么此时会这样呕吐呢？妈妈的病情难道又恶化了吗？这个不安的想法一直萦绕在珍珠的脑海里。

妈妈的影像信2

珍珠啊，仁宇啊！

每次妈妈叫着你们名字的时候，心情就会好起来。

所以每次疼的时候，我就会忍不住要叫一下你们的名字。

珍珠啊，仁宇啊！

珍珠啊，仁宇啊！

如果我这么不停地叫你们名字的话，身体就会产生出很多力量，就会在心里升起希望来，希望我再见到你们的时候，病就能够痊愈。

如果要问妈妈最对不起你们的是什么事的话，

那就是这么长的时间不能跟你们在一起……

刚开始我还以为只要做完手术，我们就又能够在一起生活了，妈妈没能遵守自己的约定，觉得很对不起你们。

手术后，我还要到医院继续接受治疗，

很长时间都没法儿再做生意了。

所以做生意的时候，会卖烤面包到很晚很晚。

妈妈也知道，你和仁宇都讨厌在车里度过每一个夜晚，你们不希望那样打发时间。

我的孩子啊，你们俩比世界上的任何东西都珍贵，

大冷天里却不能在温暖的房间中舒适地度过，

再加上珍珠你还要任由弟弟耍赖，会觉得更累吧！

每次看到这些，总是觉得你们遇到了无能的妈妈而受苦，看到你们的样子我就很伤心，

所以我才会送你们去阳光儿童之家。

在那里老师能为你们按时准备美味的午餐，

你们还能和小朋友们一起看有趣的电视节目，能够早早地进到被窝里睡觉，我认为这么做会对你们更好。

无论我多么想见你们，也要再忍一忍。

这个冬天妈妈会努力地卖烤面包，努力地攒钱。

来年春天，等珍珠上小学的时候，我们就一起生活吧！

妈妈再也不想把你们送走了。

妈妈每天都很思念珍珠和仁宇，

无论家里再怎么温暖，没有你们也会觉得寒冷。

啊，真想听听你们的声音啊！

可是如果现在打电话的话，你们应该都在睡觉吧？

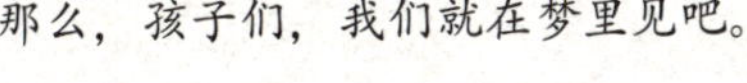

那么，孩子们，我们就在梦里见吧。

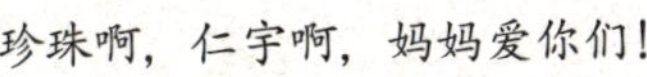

珍珠啊，仁宇啊，妈妈爱你们！

第三章

周末家庭

珍珠和仁宇去的儿童之家是一天二十四小时都会代父母托管孩子的地方。孩子们从星期一入园后就要在那儿吃饭、睡觉、学习，直到周末才被父母接回家。妈妈因为做胃癌手术需要长期住院，因此，把他们送到儿童之家是她唯一的选择。珍珠和仁宇周五下午从儿童之家出来后，便跟随妈妈到小吃摊，等妈妈的生意结束后再一起回家。虽然家里只有一个狭小的房间、一个巴掌大的厨房，但只要回到了家里，姐弟俩就显得特别兴奋。

“啊，我们终于到家了。到我们自己的小家了！妈妈，我的陀螺，我的陀螺放哪儿了呢？你帮我找找我的陀螺啊。”

一进到房间里，仁宇就爬上了床，上上下下地跳了起来，一边跳还一边大声地嚷嚷着。

“李仁宇，不要跳了，让开！”

“讨厌，这是我的床。姐姐你要是也想跳的话，那就一起跳嘛。”

“快让妈妈躺下，我叫你让开是想让妈妈躺下来。”

珍珠不知不觉中对着仁宇大声地吵嚷着。因为妈妈的病，珍珠的内心变得十分焦急。虽然妈妈已经停止了呕吐，但在回家的路上，妈妈一直忍受着一阵又一阵的头晕，勉勉强强才把车开回了家。仁宇听到珍珠的话后很吃惊，马上便从床上跳了下来。

“妈妈，快到这儿来躺下。”

“好，对不起啊！”

躺在床上的妈妈想要盖上被子，扯住被子的一角，却连拽被子的力气都没有了。

“姐姐，妈妈的身子在发抖，就好像，就好像手机震动似的。”

真是这样！妈妈的手和脚、肩膀和大腿，全身都哆哆嗦嗦的，一直不停地颤抖着。妈妈好几次都尝试着要停止身体的抖动，她使劲咬紧牙齿，反而因为这样上下牙碰撞到了一起，发出嗒嗒的响声。珍珠将自己的双手伸进被子中，紧紧地握住妈妈的手，她试图用自己的力量让妈妈停止抖动。但一握住妈妈的手时，珍珠便吓了一大跳：妈妈的手凉得就像一块冰一般！

“珍珠啊，妈妈的手凉吧？”

“不，不凉。”

“我们珍珠的手可真暖和啊。珍珠握住妈妈的手时，妈妈的颤抖好像就好了许多。”妈妈吃力地说。

“真的吗？妈妈，我让您再暖和一点儿吧。”

珍珠用小手使劲地揉搓着妈妈的手。她的手虽然小，但不断地揉搓过后，妈妈的手上终于有了一丝热气。为妈妈揉搓完右手后，珍珠又开始为她揉搓左手，紧接着是右脚和左脚。仁宇在一旁看着珍珠的样子，也乖乖地学着做了起来。

珍珠揉搓妈妈的右腿，仁宇揉搓妈妈的左腿；珍珠揉搓妈妈的右肩膀，仁宇揉搓妈妈的左肩膀。慢慢地，妈妈的抖动开始平息下来了。

“妈妈，我比姐姐搓得好吧？”

“珍珠搓得很棒，仁宇搓得也很棒……”

“姐姐，妈妈说我也很棒！”

“好了，不用搓了。妈妈现在好多了。”

“哇！我们治好了妈妈！”

“是啊，你们俩的小手比医院的药、比大夫的针都还要有效。”

“妈妈，现在真的不疼了吗？”

妈妈虽然笑着点了点头，但珍珠还是有些不放心。妈妈虽然总是说她全好了，但在珍珠看来，妈妈可是越来越消瘦了。有一次，珍珠偶然听到妈妈和姨妈通电话，说妈妈的胃被切除了百分之七十，所以没法儿很好地进食。不能进食，又还得做生意，所以她才总会觉得很疼。妈妈如果疼得再厉害的话就又得住院，那样珍珠和仁宇也许连周末都没法儿回家了，那真是想想就会让人觉得讨厌的事情。一想到这些，

珍珠给妈妈搓得更用心了。

“你们俩快洗漱，赶紧吃点东西。仁宇啊，你先洗澡，妈妈给你脱衣服。”

本应该再躺一会儿的，但妈妈还是勉强坐起身来。

“妈妈，我来。我能给仁宇脱衣服洗澡。”

珍珠劝住妈妈，坚持说自己能给仁宇洗澡。

“不用，你现在也还是个孩子，应该妈妈来给仁宇洗。来，我们先洗头吧。”

但是，刚松开珍珠的手，妈妈的身子就开始打晃了。

“我说我能做的。在儿童之家的时候，就是我给仁宇脱衣服、整理东西的。仁宇刷牙洗脸也是我负责的。”

“我的女儿长大了啊！”

犹豫片刻的母亲最终还是听从了珍珠的安排。

“那妈妈坐在这儿，看着你们俩怎么样？”

珍珠趁妈妈改变主意之前，赶快带着仁宇来到了浴室。对七岁的珍珠来说，自己洗头、洗澡也是很费劲的事。尤其是在寒冷的冬天，洗起澡来就显得更麻烦。但每次周五回家之后，妈妈一定会给他们洗澡，还要给姐弟俩剪手指甲和脚

指甲。妈妈总担心在儿童之家生活的日子里，这两个孩子不能好好地洗澡，她真担心没有妈妈的照顾，这两个小不点儿身上都会长出虱子来。

“仁宇啊，刷完牙了再擤擤鼻涕！”

如果只是简单地给仁宇冲洗一下的话，说不定妈妈还要坚持给他重洗一次呢。珍珠细致地洗着自己的头，给仁宇身上的各个地方也都打上了香皂。珍珠用热水把仁宇身上的泡沫冲干净，虽然过程麻烦一些，但仁宇看上去确实漂亮多了。珍珠每次洗澡时，就隐约可以感受到妈妈给自己和弟弟搓澡时的心情。

“妈妈，我们都洗完了。”

“哟，我的小狗崽们快到这里来。仁宇啊，姐姐给你洗澡洗得好吗？”

“嗯。”

“世界上哪儿还有这么好的姐姐呢？快跟姐姐说‘姐姐，谢谢’。”

“姐姐，谢谢。但刚才洗头的时候，我的眼睛里稍微进去了一点儿水，可是我都没哭哦。”

“我的仁宇真帅真懂事。”

从浴室一出来，妈妈就用软绵绵的浴巾把弟弟一下子包裹住抱了起来。小小的房间里还充满了香喷喷的饭菜的味道，看来这是妈妈在姐弟俩洗澡的时候，强打着精神为他们准备的晚餐。

“哇，好香啊。是肉，肉？”

饭桌上摆着仁宇爱吃的青花鱼。可能是刚从平底煎锅中取出来的吧，烤好的肉片表面上还发出吡啦吡啦的声音。桌上还放着有鸡蛋和香肠的紫菜汤。虽然不是什么特殊的美味，但这都是珍珠和仁宇爱吃的菜肴。在儿童之家时，很多时候会吃到比这更美味的饭菜，但他们都觉得没有家里吃的饭菜香。其他饭菜也许不能肯定，但就紫菜汤这一样来说，妈妈煮的紫菜汤可是这世界上最好吃的。

“珍珠啊，不要只喝紫菜汤啊，吃点青花鱼。这可是因为你们今天要回来，今天早上我刚买回来的。好吃吧？快再吃些。仁宇把这些都吃掉啊。”

“我呢？我也要，我也要。”

妈妈剔下青花鱼的肉，一会儿给仁宇的勺子上放一些，

一会儿给珍珠的勺子上放上一些。吃着刚蒸出来的热腾腾的饭，加上放在饭上烤好的青花鱼肉，两个孩子的嘴里填满了幸福。那天仁宇吃完了一整碗饭，又盛了一碗紫菜汤。

吃饱饭后，困意就爬上来了。仁宇自从一到家就玩了一整晚的陀螺，这会儿眼皮开始打起架来，他半睁着眼睛勉强坐着。仁宇和珍珠牵着妈妈的手一起上了床。每次回到家中，姐弟俩都央求妈妈带着他们，三个人一起抱着睡觉。妈妈的左侧躺着仁宇，右侧躺着珍珠。这样三个人躺在一起的话，就算是外面的大风呼呼地刮着，就算是漫天飞雪的深冬，他们也不觉得寒冷了。

“啊，真暖和啊。”

“啊，我要断气了！”

妈妈使尽自己的力气紧紧地搂着珍珠和仁宇。

“妈妈的力气大吧？”

“妈妈，仁宇死了。”

“妈妈，给我们唱摇篮曲吧。”

“好，我的小宝贝，我的小宝贝，快快睡觉吧。”

“黑狗啊，不要叫了。我的小宝贝也要睡觉了。”

“母鸡啊，不要叫了，我的小宝贝也要睡觉了。”

要是每天都能这样度过，那该有多好啊！珍珠这样想着，如果妈妈的病能快点儿好起来就好了。

妈妈的影像信3

珍珠啊，今天过得好吗？

妈妈去医院了。

今天又是两周打一次针的日子。

从去年开始打抗癌针以来，

包括那时打的十二次，现在已经是第十八次了。

我打了很多针了，对吧？

癌细胞这个坏家伙居然是死不了的强力细胞，

连打杀死它的抗癌注射针也非常痛。

刚打完针时身体还会颤抖，

会经常发烧，感到浑身发冷，

还会头晕、呕吐，

什么也吃不下。

今天、明天都会持续这样的。

有时比起癌症引起的疼痛，

好像打这个猛烈的针要更疼痛似的，

有的人还因为受不了打抗癌针的痛苦而停止治疗。

如果现在珍珠在妈妈身边的话，

妈妈也会像仁宇那样说：

“哎呀，太讨厌了。真讨厌打针！”

是的，妈妈也会说讨厌打针的。

讨厌打针……

珍珠啊，不用担心。

无论如何，妈妈都不会放弃的。

有我们珍珠、仁宇在，

妈妈怎么能因为怕打针吃药而放弃治疗呢？

珍珠啊，握紧妈妈的手吧。

要是珍珠能够拥抱妈妈就更好了，

那样，妈妈就能勇敢地同癌症做斗争了。

我要等到周五才能见到你啊！

想念你，我的女儿！

第四章

珍珠的祈祷

“不去，我说了不去的。”

到了周一早晨，惯例的折腾又开始了。和妈妈一起度过的周末一结束，仁宇又要赖说讨厌去儿童之家了。

“去儿童之家的话还有其他的小朋友，你不是玩得很好吗?”

“讨厌，我就是讨厌去那儿！我要待在家里！”

妈妈想尽办法哄劝着，可仁宇一点儿也听不进去。

“哎，那么懂事的仁宇今天为什么会这样呢？去那儿只

要待四个晚上不就可以再回来了吗？”

“不行！今晚我就要妈妈来接我回家。如果妈妈不来我现在就不去！”

仁宇这样闹下去，妈妈也觉得束手无策。妈妈也觉得对不起在自己怀里耍赖的仁宇，毕竟他还那么小。每个周一如果不发生一场战争的话，他是走不出这个家的。妈妈得去医院接受治疗，所以有时会举起棒子来吓唬他，这也实在是没有办法的办法。每到这时，挨揍的仁宇会哭起来，出手打人的妈妈也会哭起来，而站在旁边的珍珠也会跟着哭起来。为了不再制造出一片眼泪的海洋，珍珠腾地站了出来。

“呀，李仁宇！你再磨磨蹭蹭的，可是会后悔的哦。晚了的话，又会像上次那样，海贼玩具被贤淑先占了。那个可是新的玩具，就只有一个呢。我要赶紧去和贤淑制作海贼城堡。”

珍珠很清楚怎么做才能让仁宇动心。事实上对于仁宇来说，珍珠比妈妈更了解他。因为无论是在家里还是在儿童之家，和仁宇待在一起更多时间的，不是妈妈而是珍珠。

“怎么能那样呢？姐姐你不是我的姐姐吗？应该跟我玩

才对。姐姐上回不是还说，如果我听妈妈的话你就和我一起搭建海贼城堡的吗？”

“是啊，可你这是听妈妈的话吗？”

“还不快走？”

妈妈用哀怜的眼神望着一动不动的仁宇。

“哎，你这是要教训姐姐了。仁宇啊，你要教训姐姐吗？”

“……”

仁宇只是摇了摇头。

“看看，我就知道仁宇这么喜欢姐姐……珍珠啊，做仁宇的姐姐，要和仁宇玩啊。”

“妈妈，你快跟姐姐说不让她跟贤淑玩！”

“好。珍珠啊，你不要跟贤淑玩，要先跟仁宇玩才行啊。”

珍珠听了妈妈的话，心底里偷偷地笑着，表面却装作很生气的样子，气鼓鼓地作了保证。

“那么，我们快准备出发吧！”

“嗯，好的。”

“到了儿童之家也别总吵着要回家啊！”

“知道了。”

要想治仁宇的话，还是珍珠技高一筹！妈妈和珍珠趁着仁宇不注意，相互挤了一下眼睛，望着对方笑了笑。

到儿童之家的话，妈妈开车需要三十分钟。初冬的街道上，瑟瑟的寒风吹落了深灰色的树叶，只剩下光秃秃的树干显得怪可怜的。

“妈妈，那些树看起来真可怜。”

“是啊，下点儿雪后给它们盖上衣服就会好点儿了。”

“对啊对啊，就好像是穿上了白色的毛衣一样。”

坐在车上一句话都没说的仁宇，这时也终于转变了心情，开心地说道。

“你们知道为什么圣诞节要在一年之中最冷的十二月份吗？”

“为什么啊？”

“因为寒冷啊。十二月可是最冷最荒凉的月份。你们想一想，因为有圣诞节，所以再冷也会等待十二月份的到来。一想到圣诞节，大家的心里好像都会变得暖和起来吧？会很开心地等待它的到来吧？”

“对。妈妈，您会给我买礼物吧？”

“会啊。所以仁宇不要让姐姐太累才行啊！碰到不开心的事情，也不要随随便便就大声哭泣，要好好地听老师的话，和朋友们好好玩儿。等到周五我们就会见面的，知道了吗？很快就能见面的！即使再觉得难熬，只要稍微忍耐一下的话，好日子就会到来的。”

“就像圣诞节一样？”

“对，那就是希望。”

听了妈妈的话，仁宇的心里开始开出花来，静静在一旁听着的珍珠也感到内心暖暖的。每个周一都要分离的日子，已经持续两年了。虽然她总是若无其事地跟仁宇说要开开心心地去儿童之家，但离儿童之家越来越近的话，也就临近该和母亲分别的时候了，珍珠的内心也总是变得很脆弱。但是刚才，她从妈妈的话语中却找到了力量。珍珠觉得，只要有妈妈在，即使再困难的事情自己都能忍受。对珍珠来说，妈妈就是圣诞节，就是自己的希望。

“妈妈，您一定要吃饭！”珍珠勉强露出微笑来跟妈

妈说。

“一定要吃饭！”仁宇也跟着说。

“嗯，我保证。我一定会吃饭的，你们也要好好吃饭。还有，仁宇就拜托你了。”

珍珠和仁宇上的“阳光儿童之家”，是为父母二人都工作的双职工家庭托管孩子的地方。儿童之家有两层楼房，楼房中有十几间教室，有一百多名从两岁到七岁不等的孩子们生活在一起。白天儿童之家充满了孩子们其乐融融的欢笑声。珍珠在大班长颈鹿班，五岁的仁宇在松鼠班。从早到晚，他们都在各自的教室里和朋友们一起学习、一起玩耍。

大班里那些七岁左右的孩子就要升入小学了，他们下午还要去比较近的辅导班学习。对于珍珠来说，最喜欢的事情就是一周一次的舞蹈学习。第一天去舞蹈学校学习时，珍珠觉得自己表现得傻乎乎的。舞蹈虽然看起来很有意思，但珍珠从没想过要去学跳舞。可是，当自己配合着音乐手舞足蹈的时候，不知为什么，她的内心一下子感觉有什么东西在带着自己飞翔，感到身体变得轻快多了。等流着汗水，完成了一个小时的舞蹈练习后，珍珠的表情也变得明朗多了。老师

说只要努力练习的话，等举办才艺表演时就可以展示给妈妈看。

“如果妈妈看到这一幕的话，她该有多高兴啊！”

珍珠一直觉得很愧疚，总觉得自己不能为那么艰辛的妈妈做点儿什么。想到跳舞也许能让妈妈更开心一些，珍珠就更加喜欢舞蹈这件事情了。

结束舞蹈学校的课程回到儿童之家时，已经是下午5点了。嘴巴噘得老高的仁宇在儿童之家的玄关前焦急地等待着珍珠的到来。

“姐姐，你去哪里了？”

“今天是星期三呀，我不是该去舞蹈学校上课了吗？仁宇你忘了吗？”

“没有。”

“贤淑回家了。今天妈妈说如果生意结束得早的话，就会早点儿来接咱们的。”

阳光儿童之家虽然会二十四小时代父母们托管孩子，但并不是所有的孩子一周所有的时间都会在儿童之家。对于大部分的孩子来说，他们的父母上班时会把他们送来，而下班

后就会来这里带他们回家，他们会坐下午六点的校车接走孩子。每逢到了放学的时间，儿童之家玄关前就挤满了回家的孩子们，望着那些叽叽喳喳的孩子挤来挤去盼着爸爸妈妈到来的身影，唉！那可是仁宇最难熬的时间了。自从上了儿童之家之后，不知有多少次，仁宇每天都背着书包吵着闹着要回自己的家去。老师们怎么劝他都不听，为此他可没少挨老师们骂。珍珠难道不会想家吗？徐徐西落的太阳渐渐地给整个大地都罩上了漆黑的幕布，想念妈妈的眼泪像是瞬间就要喷发出来似的。后来，即使稍稍适应了儿童之家的生活后，珍珠的心情还是和以前一样。她想吃妈妈做的饭菜，想念妈妈的臂弯。虽然妈妈的身上总是会散发出阵阵药味，但她还是想躺在妈妈的怀里去闻这种让鼻尖痒痒的味道。可是，作为仁宇的姐姐，即便再怎么难过她都不能哭泣，也不能露出难过的神情。身为姐姐的自己只有强忍住内心的难过，只有这样，她那不知什么时候就会放声大哭的弟弟才能稍微控制住自己的情绪。

到了傍晚，两层楼高的儿童之家里绝大多数教室的灯都熄灭了，就只剩下一个教室的灯还点亮着。现在只剩下十几

个孩子了。黑暗、凄凉的走廊尽头的教室，现在就像游客都走光后剩在大海里的孤岛。在无处可去、也没有人会来这儿的教室里，孩子们渐渐地不愿意说话了，他们都安静了下来。

“海贼城堡终于建好了！珍珠姐姐，海贼城堡终于完成了！”

在仁宇的喊叫声中，原本像漂浮在大海里的孤岛似的教室，一下子变成了海盗们的宝岛。多亏姐姐珍珠用玩具搭建起的海贼城堡，仁宇这才变得喜气扬扬的。屋里的孩子们分成两组，一组负责看管海贼城堡中的宝藏，另外一组则过来掠夺宝物。在游戏中，孩子们暂时忘记了外面的黑暗，忘记了回家这回事，也暂时忘记了妈妈，忘记了教室外的一切。珍珠不仅带着弟弟仁宇玩，还带着其他的小朋友玩，看过动画片《彼得潘》后，珍珠觉得自己像极了里面的温迪，她甚至还产生了自己也要像温迪一样好好地照顾弟弟妹妹的想法。

很快就到了睡觉的时间，这些剩下来的、回不去家的孩子全部待在一个房间里，铺上被子后并排躺下准备睡觉。定睡觉的铺位时，总是会有一些纷争的，因为所有的孩子都想着要躺在珍珠的旁边睡觉。但无论竞争有多激烈，珍珠总为

仁宇留着自己身旁一侧的位置，因为仁宇不摸着珍珠的耳朵就睡不着觉。仁宇一边摸着姐姐软软乎乎的耳朵，一边学着妈妈的样子哄着她睡觉。最后一个睡着的肯定是珍珠，即使挨个儿确认孩子们是否都睡着后，她也还有其他要做的事情。

“上帝，我希望妈妈能够过得好好的，但我却什么都做不了。所以我只能每天这样祈祷。上帝，请您能够听到我的愿望：求您不要再让妈妈疼痛了。我真的不想让妈妈再疼痛下去了，这样的话，我和仁宇就能回家了吧！上帝，真的拜托您了！”

这些祈祷，是仁宇和其他孩子谁都不会听到的。

妈妈的影像信4

珍珠啊，今天我们家里有好消息哦！

我现在就给你看啊！

哈哈，如果问这个是什么的话，没错，是你盼望已久的入学通知书！

我们珍珠，明年春天就要上小学啦！

瞧瞧，这是你的名字“李珍珠”。

下面是你的保护人“李莹淑”，也就是妈妈的名字，对吧？

心情怎么样呢？反正妈妈可是非常非常高兴哦！

我的孩子不知不觉间就已经长这么大了，就要成为一名小学生了呀！

珍珠啊，还记得妈妈之前跟你有过的约定吗？

对了——如果你从儿童之家毕业后等到上小学的时候，妈妈一定会带你回咱们家来的。

现在离兑现那个诺言不远了，是吧？

回家以后，妈妈会把之前因为疼痛而不能给你的东西全都补偿给你。

瞧，妈妈现在的心情就很急切啊！

都需要什么呢？书包、鞋子、笔筒、铅笔……

还要买珍珠入学仪式上需要穿的漂亮衣服。

这个场景好像马上就要来了似的。

几年后仁宇也就要上小学了，

再有几年你小学毕业升入初中，

然后紧接着上高中。

珍珠啊，妈妈真想让你快快长大啊！如果这样该有多好！

如果我的女儿努力学习顺利考上大学的话，

我就让珍珠穿高跟鞋，穿好看的短裙，

因为妈妈的腿不方便，

所以妈妈总想自己没能穿过的衣服、没穿过的鞋子，统统让珍珠试试。

看到珍珠长成一名亭亭玉立的大学生的话，

妈妈该有多高兴啊！

仅仅想想这些，妈妈的病好像就已经痊愈了。

珍珠啊，真的得谢谢你。

即使不说，你也会知道妈妈有多爱你，对不对？

看着妈妈的第四封影像信件，珍珠的眼前清晰地回想起了那时的点点滴滴。

珍珠的入学通知书寄来家中，妈妈就像影像中一样兴奋地笑着。

妈妈对珍珠很动情地说："谢谢，谢谢。谢谢你这么健康地成长。"珍珠也很惊讶，原来自己的成长竟是这么好的事情。

虽然离入学还有三个月的时间，但妈妈竟然当天就带着珍珠和仁宇来到卖场为他们每人购买了一个红色的书包。

直到今天，珍珠都还一直背着那个红色的书包。

珍珠之所以那么清晰地记得那时的事情，并不仅仅是因为妈妈脸上露出的幸福微笑，同时也因为从那时起，她就隐隐约约地预感到妈妈就要从她的身边永远地离开了。

第五章

忧郁的圣诞节

街道上到处都竖立起了漂亮的圣诞树，每家商店门口都会出现圣诞老人的十二月份，便是儿童之家放假的时候。还有几天就是盼望已久的圣诞节了，但对珍珠一家来说，这个时期却是非常难熬的日子。人们很晚都会出门来到街道上的十二月份，恰恰是一年中烤面包生意做得最好的时期，也是面包能够卖出更多的关键时期。妈妈实在没法儿停下生意在家照顾珍珠和仁宇，这样的话，珍珠和仁宇就只能跟着妈妈

去小吃摊，在那里度过一个又一个的夜晚，这样的日子实在太无聊了。

“要不你们去姨妈家？仁宇啊，去姨妈家和哥哥们住几天怎么样呢？”

“讨厌！我喜欢住在自己家里！”

“珍珠啊，你可以劝劝仁宇吗？”

好不容易才迎来儿童之家放假的时刻，和仁宇一样，珍珠同样想在自己的家中度过。

“妈妈，我们俩在一起就可以的，不用去姨妈家吧？”

“可是谁给你们做饭呢？”

“我可以做！如果去姨妈家的话，又要有好几天见不到妈妈了。”

妈妈最终还是输给了珍珠和仁宇的坚持。去做生意之前，妈妈做好了几样饭菜盛在盘子中，并用保鲜膜罩住放进冰箱里，然后又用保温锅蒸好了足够姐弟俩吃一天的米饭。虽然做这些会耽误出去做生意，但妈妈还是坚持准备好了珍珠和仁宇这两个小家伙要吃的午饭和晚饭。

“珍珠、仁宇，妈妈只做到圣诞节前夜就不出门摆摊

了。现在是客人最多的时候，烤面包卖得特别好，这样的话，圣诞节我们就能按照之前的约定去游乐园玩了，所以你们要乖啊。”

“哇，我实在太高兴了。妈妈，赶紧多赚点儿钱回来吧！”仁宇拍手叫着。

“嗯，知道了。如果能赚很多的钱，我还会给仁宇买圣诞礼物哦。”

因为妈妈答应要在圣诞节带他们去游乐园，所以现在即使待在空荡荡的家里，即使只有他们两个人，这两个小家伙也不觉得无聊。家里不像儿童之家一样有那么多的玩具，算起来也就只有一个陀螺可以玩。但也许是这个原因，使珍珠转陀螺的实力即使和男孩子比起来也毫不逊色。仁宇到了家就会把自己转陀螺的秘诀毫不保留地传授给姐姐，不知不觉间两人就度过了很长很长一段时间。等到玩饿了，珍珠和仁宇就各自盛一碗饭好好地吃上一顿。准备晚饭、收拾桌子、洗碗等工作也都是两个人一起做的。珍珠在洗碗时，仁宇会帮忙把剩下的饭菜罩上保鲜膜放进冰箱里。仁宇罩保鲜膜的时候，有时手滑，会不小心把饭菜倒到地上。有时珍珠一边

洗着碗一边就和弟弟玩起了水仗，虽然衣服会湿，但是待在暖和的房间里，湿衣服不一会儿就会晾干了。有时，姐弟俩也会不约而同地打着盹儿睡着。

“姐姐，现在到底是白天还是晚上呀？”

这一天，珍珠和仁宇像往常一样玩耍着，不知不觉两个人都睡着了。睡觉之前窗外分明还有太阳的，可是现在……伴随着仁宇的喊叫声，珍珠睁开了眼睛，不知不觉间，四周早已经变得黑漆漆一片了。

“等等，我去开灯。”

等珍珠打开灯时，时钟显示已经过了夜里十点了。

“姐姐，妈妈怎么这么晚还没回来？”

“是啊，照理现在也该回来了。”

“姐姐，是不是烤面包卖得不好呢？我们是不是不能去游乐园玩了？”

“不会的！肯定是因为客人太多所以妈妈才没回来的。不用担心，我们继续睡吧！”

“好吧，但是姐姐你一定要转告妈妈哦，那个杯子可是我擦的！”

“知道了，知道了，你快睡吧！”

为了让仁宇安心睡觉，珍珠才跟他说出上面那些话，但珍珠脑海里始终浮现着妈妈拎着沉重的面糊桶慢慢向前移动的样子。妈妈说圣诞节前夜客人会很多，所以特意多带了一桶面出去。一定是烤面包还没有全部卖完，妈妈返回家时一定拖着沉重的步伐。想到这些，虽然紧紧地闭上了眼睛，珍珠却怎么也睡不着。

“珍珠啊，珍珠！”

门外传来了微弱的敲门声。

“珍珠啊……”

起初还以为是自己听错了，但仔细听听，珍珠确信那就是妈妈。

珍珠一骨碌就爬起来，飞快地跑过去开门。可是，她却看到妈妈已经倒在了门口。

“妈妈，妈妈你怎么了？”

扶起妈妈进屋后，珍珠吓了一大跳！妈妈的身体烫得像个火球一样。

“珍珠啊，不要害怕，妈妈没关系的。”

妈妈倚在珍珠的肩膀上进了屋，她嘱咐珍珠帮她找来了药片。但即使吃了一把又一把的药片，珍珠也没见妈妈的疼痛能稍微减轻一些。妈妈蒙着头盖着被子，样子似乎痛苦极了，她不停地扭曲着自己的身体。她似乎要尽力掩饰自己的疼痛，但又像忍不住似的，痛苦的呻吟声不断地从被子中传出来，连睡得像头小猪一样的仁宇都被吵醒了。

“妈妈！妈妈！”

妈妈好像没听见仁宇的叫声，继续痛苦地呻吟着。珍珠马上捂住了弟弟的嘴巴。妈妈知道仁宇看见这一幕的话，说不定心里会更难受。过了一会儿，妈妈对珍珠说：

“珍珠啊，这次无论如何，妈妈都得去医院了。快把手机拿过来。你打电话给119，把负责的叔叔叫过来。珍珠，对不起啊！”

妈妈一边说一边流下了眼泪。看着可怜的妈妈，珍珠的脸上也挂满了止不住的泪水。看到妈妈和姐姐这么一哭，仁宇也跟着哭了起来。

“珍珠啊，不要哭！不要哭！快打电话！”

妈妈重新盖上被子蜷缩着自己的身体。珍珠知道现在并不是哭的时候。她迅速地给119打电话，告诉他们自己的妈妈生病了，并仔细地说明了自己家的地址。但电话那头负责的叔叔怎么也听不清夹杂着哭声的珍珠到底说的地址是哪儿。珍珠又重复了好几遍，过了一会儿，警笛响起来了，这是119的救护车到了。

“就只有你们两个孩子在，其他大人不在吗？”等把妈妈抬上救护车后，119的叔叔说道。

“是的。”珍珠回答。

“你们俩待在家吧！”

“不，我们也要一起去医院。”

“怎么办？小孩子可是不能带到医院去的。”

“不行！我要守着妈妈。我们的爸爸不在，妈妈的身边不能没有我们！”

绝对不能把那么痛苦的妈妈一个人送走——实在忍不住悲伤的珍珠不自觉地又哭了出来。看到姐姐放声痛哭，仁宇也跟着哭得更厉害了。119救急队员仔细想了想，实在不忍心撇下这两个哭成泪人的小孩子，所以他就抱着珍珠和仁宇上了救护车。

救护车一路疾驰，一直开到了妈妈就诊所在的综合医院急救室。医生和护士们跑出来，飞快地把妈妈抬到病床上带走了。珍珠和仁宇按照救急队员叔叔所说的那样，乖乖地来到监护人等待室，一声不吭地等待着妈妈治疗后被推出来。深夜的急救室里，就连监护人等待室都挤满了病人，根本没有可以给姐弟俩坐的位置。屋里面大部分都是成年人，很难瞧见有像珍珠和仁宇一样大小的孩子。这两个孩子就在那儿一直等着，等过了夜里一点钟，慢慢变少的大人们开始询问珍珠和仁宇。

“呀，你们两个小家伙怎么在这里呢？”

“难道你们没有妈妈吗？”

珍珠不知道该说什么，所以没有开口，但仁宇却回答道：“我们有妈妈，我们的妈妈因为疼痛进到那间屋里去了，现在我们等着妈妈出来。”

“你们的爸爸呢，爸爸在哪里呢？”

这个问题让仁宇一下子就闭上了嘴。虽然被问过无数次这样的问题，但是不仅是仁宇，就连珍珠也无法回答这个问题——因为他们都不知道真实的答案。

“这里可不是孩子们来的地方。孩子的妈妈也太不懂事了，自己再怎么疼，这大半夜的也不能把孩子放在这儿啊！”

珍珠牵着仁宇的手默默地离开了等待室。这样的话，他们就听不到那些因为不知情而责怪妈妈的大人的责备了。

“我们去找妈妈吧！”

姐弟俩朝着妈妈被推走的方向走去。刚要闯进急救室，门突然仓促地被打开了，三四名医生和护士推着车跑了出来，看来是又有急救病人了。他们差一点儿就跟迎面走来的

珍珠和仁宇撞上。医生吃惊地望着珍珠走的方向，大声地喊着：“危险！谁放这两个孩子进来的？快把孩子送到监护人那里！”

一名护士朝珍珠和仁宇走了过来。

“你们怎么来这里了？”

“我们跟着妈妈来的。妈妈生病了，被119急救车带到这里了。”

“是吗？你们的爸爸在哪里？”

无话可说的珍珠只好静静地摇着头。

“那么，你们的妈妈叫什么名字？”

“李莹淑。”

“啊，是吗？我们正在找监护人呢，除了你们以外，你们家里没有大人了吗？”

“我们有姨妈、姨父，但是他们都没有跟我们一起来。我不知道他们的电话号码，只有我妈妈知道。”

“不管怎样，你们要等到你们的妈妈醒过来。先去那边的椅子上坐一会儿，我去看看你们的妈妈现在怎么样了。”

过了一会儿，护士小姐回来了。

“你们两个现在可以见妈妈了。”

“妈妈没事了吗？”

“嗯，打了针，疼痛消除了不少。但是，你们不知道妈妈经常这样疼吗？”

“知道，但妈妈说接受手术后就好了，可是……”

“是，是比以前好很多了，但如果还是蛮干的话是不行的。如果想痊愈就要待在家里休息，就是因为今天太累了，她的身体才又出现异常的。”

“都是因为我们，我们老缠着妈妈说要在圣诞节带我们去游乐园玩，这需要很多钱，所以妈妈才会做生意到很晚。妈妈最近连饭也不吃，只顾着做生意，所以才会那样的！”

珍珠一个劲儿地哭，好像所有的错全在她一个人身上一样：要是去姨妈家就好了，要是不说去游乐园就好了，只要能待在妈妈身边就好，珍珠是大傻瓜！

“现在你们去妈妈那里吧，等打完针就能回家了。”

“嗯。”

“但是你们的妈妈需要静养几天，所以圣诞节就不能去游乐园了。即使这样，你们也不要觉得遗憾啊，你们两个小

家伙能保证吗？”

“嗯。”

“弟弟也能保证吗？”

“仁宇，你快点儿也向阿姨保证，说你绝对不再耍赖了。”

“知道了，我保证。”

回到家后，妈妈接连几天都没起得了床。珍珠觉得妈妈可能还是有些痛，因为她不时看到妈妈盖着被子，脸上极为痛苦的表情。在这期间，接到妈妈电话的姨妈和姨父为她们家买来了礼物，还说要带姐弟俩去游乐园玩，但珍珠和仁宇不约而同地摇头拒绝了。不过，剩下几天的放假时间，珍珠和仁宇被姨妈带到了她们家，在姨妈家度过了圣诞节的假期。姐弟俩又一次与妈妈短暂分离。

妈妈的影像信5

珍珠啊，妈妈今天又去医院了。

又到了打抗癌针的日子，

可是今天却没打好。

珍珠，你还记得吗？

上次仁宇不是问我“妈妈，你的肚子中有小宝宝吗”？

因为他看到妈妈的肚子看起来圆鼓鼓的。

妈妈还开玩笑地说，妈妈已经怀孕五个月了，要不就是七个月了。

妈妈最近也总是在想：为什么我都不怎么吃东西肚子却还是一个劲儿地鼓起来呢？

甚至连呼吸都觉得很困难。

后来妈妈才知道，那是因为肚子中积满了不好的水，才会变成这样的。

这种水叫作腹水，

是由于肝和心脏机能失调了，肚子中才积满了这样的水。

等拍完照片查看后，妈妈才知道妈妈的癌不仅布满了胃肠，还扩散到了肝脏和心脏。

难怪最近妈妈总是觉得肚子很痛，原来是这个原因。

第二期抗癌治疗就只剩下四次了，

治疗结束后就会没事了吗？

今天妈妈没有打抗癌针，而是去抽腹水。

在肚子上扎针，把那些不好的水沿着橡胶管抽出来，

才过了二十分钟，一升容量的空瓶子就装满了。

是啊，看起来比大型的牛奶袋还要大。

过了一个小时，已经取出了三升水。

珍珠你能想象吗？从妈妈的肚子中，居然取出了三大袋像牛奶袋那么多的水。

珍珠啊，妈妈觉得害怕极了，

现在我的内心已经变得很脆弱了。

肚子中装这么多不好的水，这可真不是好的征兆。

妈妈还要跟癌症斗争多长时间呢？

妈妈有很多事情要做，

还有很多没有来得及履行的诺言，那些都是很早之前就答应你们的。

珍珠啊，妈妈该怎么办呢？

第六章

空白爸爸

“珍珠姐姐，珍珠姐姐，快出来看看！出大事了。仁宇和贤淑打起来了！”

在长颈鹿班上折纸课的珍珠被仁宇班上一个孩子急匆匆地叫了出去。从放假回来后再次回到儿童之家，仁宇和贤淑之间的打架变得越来越频繁了。

虽然只放了半个多月的假，但因为是小朋友们回家过圣诞节的时节，又正好是新年开始的日子，放假回家的孩子们有着许许多多要讨论的话题，当然包括圣诞老人、爸爸妈妈

送的礼物、去哪里旅行、到电影院看了哪些新的动画片，等等。对孩子们来说，一年之中除了生日，没有哪天比圣诞节更让他们觉得兴奋了，所以等回到儿童之家后，一有空闲，孩子们就聚到一起叽叽喳喳谈论不休。但这样的场景，珍珠和仁宇根本没法儿插进去，因为他们放假的时间是在姨妈家担忧着妈妈的病情之中度过的。

“这次又是因为圣诞老人所以才吵架的。”

前两天仁宇和贤淑才刚打完一架。贤淑在炫耀自己的新款变形机器人刺激了仁宇，仁宇便回应说圣诞爷爷不是真实的，而是大人们虚构出来的，贤淑听后很生气，非要说仁宇是撒谎精。她还说，仁宇故意挑起事端，肯定是因为他不好好听爸爸妈妈的话，所以才得不到礼物，这才故意撒谎说圣诞老人不存在。大部分孩子都认为圣诞老人是像太阳、月亮一样真实地存在，因为每一年的圣诞节清晨，他们都会收到摆放在床头的礼物，所以很自然地就站在了贤淑的一边，几乎一致性地开始针对没有收到礼物的仁宇。就这样，仁宇便变成了“名副其实”的撒谎精。

“姐姐你为什么不说话呢？我没有撒谎，你要站在我这

边才是！姐姐你不是也没有收到礼物吗？圣诞老人是根本不存在的。”

其实，跟仁宇说圣诞老人是不存在的人正是珍珠。自从妈妈做手术入院的前年的圣诞节开始，珍珠和仁宇就没再收到过圣诞节礼物。刚开始在姨妈家住时，两个人还猜想着可能是因为圣诞老人没找到他们的住处，所以他们才没有收到礼物，但是后来他们就隐隐约约知道些什么了。在儿童之家，除了珍珠和仁宇，还有一些孩子同样没有收到圣诞礼物，那些孩子也没有和爸爸妈妈或者爷爷奶奶一起住。如果真有圣诞老人存在的话，他一定会给每一个孩子送出礼物的。

在急救室度过一晚而迎来圣诞节清晨的珍珠，看到没有得到圣诞老人送的礼物而一脸沮丧的仁宇，就认真地对他说，圣诞老人是根本不存在的，都是大人们编造出来的故事，那些礼物都是爸爸妈妈偷偷给孩子们的。珍珠还说，相信圣诞老人存在这件事实在是愚蠢幼稚的。她还告诉仁宇，如果妈妈痊愈了的话，就会给他们姐弟俩买更好的礼物。

但是在现在这种情况下，珍珠并不想对着这么多孩子的面讲出这些来。

“贤淑如果问我，要是没有圣诞老人存在的话，那些礼物是谁给的呢？我该怎么回答？我按照姐姐说的，告诉她那个变形机器人其实是她爸爸妈妈从商场里买来给她的？这样说行不行？”仁宇认真地问珍珠。

“对。但这么做的话，他们一定会问，为什么我们的爸爸妈妈不给我们买礼物？”

“这样的话，不就提起我们的爸爸了吗？”

“我不知道。但是为什么非得让他们说我是撒谎精呢？”

无论在哪儿，无论是谁向珍珠问起爸爸的事，都会让她觉得最厌烦。因为她自己对这些毫不了解，每一次被问到时总会张口结舌，面红耳赤。所以珍珠总是尽可能地避开有关谈论爸爸的话题。

珍珠急匆匆地往松鼠班跑去，从走廊那头远远地传来了仁宇大声嘶喊的声音：“我不是撒谎精！我真的没有爸爸！我从来就没有过！”

“这个世界上哪儿有没有爸爸的人呢？你是因为不会写爸爸的名字所以才撒谎的！”贤淑也毫不示弱地喊着。

“我没撒谎！我就是没有爸爸，我的姓也是跟着妈妈姓的！我妈妈叫李莹淑，我叫李仁宇！”

“哎呀，除了是撒谎精以外，原来你还是个傻瓜啊！姓都是跟着爸爸姓的，从来没有跟着妈妈姓的孩子。我爸爸叫金明浩，我叫金贤淑，就是这样的。你不知道情况就不要乱说！”

“不是的！我们真的没有爸爸，真的是跟着妈妈姓的！我才不是因为不会写爸爸的名字才故意这么说的！”

被孩子们团团围住的仁宇和贤淑，两个人一顿拳打脚踢后，衣服都被撕破了，呼吸也都变得急促起来。但即使这样，仁宇也毫不解气似的。好不容易被老师分开之后他又扑了上去，一把把贤淑推倒在地，并继续挥舞着自己的拳头。

“流血了！血！贤淑的额头流血了！”

贤淑倒地时，头部正好撞到了玩具收纳箱上。不知道是疼痛还是受到了惊吓，贤淑开始放声大哭。

“仁宇啊，你怎么还不停手呢？老师不是说了让你住手了吗？”

老师大声地指责着仁宇，用手轻轻拍着贤淑的后背，好

不容易把她带了出去。

“贤淑，我们先去上点儿药，一会儿我给你妈妈打电话，让她接你回去！”

老师一走出教室，珍珠就走到仁宇的身边。一直低着头站着的仁宇突然放声大哭起来。

“姐姐，贤淑那个家伙总说我是撒谎精。我没说谎，可老师还是不相信我……姐姐，姐姐你说啊，说我没撒谎。我们没有爸爸，真没有……”

仁宇说的都是事实，珍珠和仁宇真不知道爸爸的名字，甚至连爸爸的一张照片都没有看过。这件事对其他孩子来说，无论如何都是无法理解的奇怪事情。这样的争执，珍珠也不止经历过一次。

在珍珠的记忆当中，记得最清晰的就是制作“家庭情况介绍表”的那段日子。老师要求以自己为中心，在家庭情况介绍表中依次填上妈妈、爸爸、兄弟姐妹的名字。珍珠的表格中，爸爸的位置上是空空荡荡的，这总让她觉得心里很不舒服。她的朋友中也有一些小朋友的爸爸妈妈离婚后分开生活，但无论如何，至少他们能够把表格填充完整，他们知道

爸爸妈妈的名字。可是每当珍珠向妈妈问起爸爸的名字时，妈妈总是含含糊糊地回答，总说自己记不大清了。珍珠记得上美术课，当老师要求画各自爸爸的模样时，她也是偷偷地看邻座朋友的图片，按着那张图片画的。为了怕被同学们看出什么来，珍珠特意把自己的爸爸画成了一位戴着眼镜、长得胖胖的模样。

“妈妈，您没有爸爸的照片吗？真的连一张都没有吗？”

“嗯。”

因为不想再说什么，所以妈妈的回答总是很简短。

“连结婚照也没有？”

“嗯。爸爸妈妈连结婚仪式都没有举办。”

妈妈对珍珠说，当时爸爸的境况不好，本来约好举办婚礼后再生珍珠和仁宇的。但爸爸在仁宇出生还没满周岁时，就抛弃了妈妈和姐弟俩，自己一个人悄悄地消失了。这样，一直还没进行结婚登记的妈妈就成了未婚母亲，所以才把珍珠和仁宇落到了自己的户籍上。姐弟两人的姓氏也是跟着妈妈姓“李”的：李珍珠、李仁宇。从那以后，珍珠就再也没

有听到过更多关于爸爸的消息，在她的记忆里，也没有任何关于爸爸的记忆——爸爸的位置成了永远不能填补的空位。

“仁宇的妈妈还没来吗？”

当天下午，贤淑妈妈急急忙忙地赶到了儿童之家。

“仁宇妈妈身体不好，抱病在身，所以我们没通知她。”

园长用极为抱歉的表情注视着一直生闷气的贤淑妈妈。

“啊？我这是因为什么才来的这里啊？为了孩子打架的事，我没等下班就赶来了。你们真的确定我女儿不用去医院吗？”

“如果您担心的话，去医院看一下也没什么不好。不过我们看着也没什么大的伤口，涂好药后应该不会留下疤痕。”

“得先让仁宇的妈妈来看看我们家孩子的脸啊！治疗归治疗，但要是这两个孩子还在同一间教室上课的话，就得让仁宇立下保证，以后再也不能碰我们家贤淑一下！”贤淑妈妈恶狠狠地说。

“很抱歉，这是我们……”

“不，我要问问李仁宇，要亲自听他立下保证！”

无论园长劝说了贤淑妈妈多少次都不管用，贤淑妈妈嗓音大得连珍珠所在的班级都能听到她在走廊上所说的话。正在上听写课的孩子们都停了下来，屏住呼吸听着外面的声音。

“仁宇啊，你到底打了贤淑还是没打？你要敢再打一次贤淑，我就要去见你妈妈了。听说你妈妈生病了？生病归生病，但她不管你，任凭你这样惹事打架，这样像话吗？”

“贤淑整天说我是撒谎精。我没有爸爸，所以我不知道爸爸的名字，但贤淑说我撒谎，还说我是傻子！”

仁宇一副委屈的表情，眼眶里充满了泪花。

“哎哟，你们看看这孩子。就算你跟我客客气气地道歉，我还要考虑考虑到底要不要原谅你呢！就凭你说没有爸爸就理直气壮了？不知道害羞的家伙，还敢大声嚷嚷！没有爸爸的孩子生蛆了自己都不知道！”

珍珠听到这些话后真想马上推开门冲出去。没有爸爸就是羞耻的事吗？那又不是自己和仁宇的错！她真想问问贤淑的妈妈，为什么要骂仁宇没有爸爸就会生蛆。但是她不能那

么做，如果连珍珠也卷进去的话，没准儿他们就真得把妈妈叫到儿童之家来呢——一瞬间，珍珠产生一个要编造爸爸名字的想法。

那件事情发生之后不久的周末，妈妈来到儿童之家接珍珠和仁宇回家。自从圣诞节之后很久都没有见到妈妈了，姐弟俩的内心既喜悦又开始担心。他们甚至忘记是因为周五所以妈妈才来，姐弟俩都以为是贤淑的妈妈把妈妈叫来了，所以这两个孩子非常吃惊。

“妈妈，园长跟您说什么了吗？”

“说什么？不还是那些话吗？说我们珍珠为了能够升小学，表现得特别好，仁宇也没有惹事，表现得很乖。怎么了，发生什么事了？”

“没什么事。”

“我怎么觉得你们俩怪怪的呢？看到妈妈好像也不怎么高兴的样子。是因为妈妈没能兑现诺言，没能在圣诞节带你们去游乐园吗？求你们饶我一次吧！下次妈妈一定遵守约定！”

妈妈故意讨好似的跟姐弟俩说话，但仁宇好像什么都没听到似的。自从上次的打架事件之后，他变得好像沉默了很多。

“真的吗？那我给妈妈揉胳膊！妈妈快点儿好起来，我们就能出去玩了。”

或许是怕被妈妈看出破绽，珍珠故意露出非常欢快的表情。尽管嘴上这么说，但她的脑子里却乱得像一锅粥一样。

“妈妈，能够让我去上小学特意寄来的那个文件叫什么名字来着？”

“入学通知书。怎么了？”

“您再给我看看啊。”

“我们珍珠也想着要快点儿去上小学啊，等一下。”

妈妈从抽屉中取出了那份入学通知书。珍珠是想确认一下，她认为或许那份能够去上小学的文件上会有爸爸的名字。

“看这里。这是你的名字李珍珠对吧？这下面是监护人的名字李莹淑，也就是妈妈的名字。拿着这份入学通知书，就能去前面的那所小学读书，珍珠进的班级也就能定下来，老师们都会欢迎你快点儿去上学的。”

珍珠突然感到自己揉动妈妈的手瞬间没了力气。

“妈妈，其他孩子在监护人一栏填的都是爸爸的名字。”

“是的。怎么了？你讨厌这里写妈妈的名字吗？”

“不是，等到我上小学的话，说不定又会有很多人问我爸爸的名字……”

珍珠回答的声音越来越微弱。妈妈越是看到珍珠这样的神色，就越堂堂正正地说：

“无论谁说什么样的话，你就说妈妈的名字叫李莹淑，爸爸的名字也叫李莹淑，就说自己的妈妈既是妈妈也是爸爸，跟他们说自己是跟着妈妈姓的。知道了吗？”

“嗯。”

虽然表面上点头答应了，但珍珠的内心仍然想着上小学后会因为名字的问题而遭遇到的尴尬事情，所以她的心情很不好。一直在旁边静静听着这一切的仁宇怒视着珍珠说：

“大不了姐姐也接受别人叫你傻瓜、撒谎精！”

仁宇看到姐姐向妈妈问出有关爸爸的话题，他也期待姐姐能问到爸爸的名字，可是珍珠并没有问出来，所以他便痛

痛快快地说出了因为名字而受孩子们嘲弄的事。

“什么？撒谎精？”妈妈一脸的疑惑。

“是啊，难道我们装作只听单身妈妈的话就一切都没问题吗？”

“哼！别说了李仁宇。好不容易回到家，你就这么跟姐姐跟妈妈说话吗？”珍珠说道。

照理说，妈妈该追问下去的，但是她却悄悄地转换了话题。妈妈总是回避着有关爸爸的话题。

“珍珠啊，到这儿来。我给你梳梳头。等梳完头后，我们就一起去吃仁宇最爱吃的炸猪排。”

感受着妈妈给自己梳头的温柔，珍珠的心情好像好了很多。珍珠最喜欢妈妈梳理她那披到肩的长发，妈妈用梳子齿把头发分成两边时，那种痒痒的感觉真是好极了。妈妈编头发的手艺也很好，每次她给珍珠编的头发样式总是很合珍珠的心意。

“我们珍珠的头发真多，发质也很好。嗯，这像谁呢？”

“像妈妈。”

“唉，姐姐真会说谎。姐姐的头发怎么像妈妈的？”

仁宇又挑起是非了。他知道自己为什么气鼓鼓的，他也讨厌若无其事的姐姐，还有装作若无其事的妈妈。

“我撒什么谎了？妈妈，我长得像妈妈是吧？”

“才不是呢。妈妈的头发像我的，像我一样短，头发也不多！”

“不是，妈妈是因为生病才那样的。你难道像个傻瓜似的不知道这些吗？”

“姐姐才是傻瓜！为什么要说我是傻瓜？妈妈马上就要成为光头了。这是贤淑说的，她说妈妈会成为像男人一样的光头！”

“傻瓜，浑蛋！”

珍珠不知怎的打了仁宇脑袋一下，就好像仁宇故意要那么说似的。但这些话绝对不能让妈妈听见。珍珠每次看到妈妈梳头时，头发都一把一把地往下掉，每到这时妈妈就会重重地叹气。

“你，你居然打我？”看起来仁宇又要猛扑上去似的。

“你居然这么叫我？小不点儿，想挨姐姐揍吗？”珍珠

也生气了。

一场战斗瞬间就发生了。仁宇用拳头朝珍珠的胸部打去，作为回报，珍珠则用脚踢仁宇的腿。

“你们两个都给我过来！跪下！”

听到妈妈的训话后，这两个孩子都后悔了，但为时已晚。

“都把手举起来，举高点儿！”

妈妈摆出了最严厉的表情。轻易不发怒的妈妈实在看不下去姐弟俩打架的场面，她绝不能这么放任他们不管。

“仁宇，作为弟弟，你可以和姐姐顶嘴吗？”

“姐姐不是先骂我傻瓜又伸手打了我吗？妈妈，你为什么总是站在姐姐那边？每次都偏向姐姐！”仁宇一肚子的委屈。

“珍珠，你为什么叫弟弟傻瓜？为什么要打弟弟？平时你可是一直让着弟弟的呀，今天这是怎么了？”

“仁宇难道不是傻瓜吗？妈妈生病才会掉头发的，因为身体经常疼痛所以头发才会掉很多的。他竟然说妈妈会成为光头，这不是在嘲笑妈妈吗？如果妈妈真成为光头那该怎么

办呀？”

珍珠说着，眼角淌下眼泪来，说话也断断续续的，让人觉得委屈极了。自己本来就没有爸爸，妈妈身体也不好，总是感到疼痛，为什么现在连仁宇也添起乱来，更显得一团糟了呢？

“不是的，不是这样的。我不是故意说的。妈妈，对不起。我错了。”仁宇忽然抱住妈妈，大声哭起来。

“不是你们的错，你们没有错。妈妈对不起你们。我的身体疼痛增加了你们的担忧，是妈妈没有尽到自己的责任……”

妈妈一把抱起仍举着双手的珍珠，轻轻地抚摸着她。

“不，妈妈，是我做错了。我再也不跟仁宇打架了！”

“我也是，我也是，以……以后再也不和姐……姐姐打架了！”

一家三口紧紧地抱成一团，相拥在一起不知哭了多久。等到哭声停止后，窗外已无声无息地飘起了雪花。那漫天飞舞的雪花，像是要抚平世间的所有悲痛，抹去所有忧伤。

妈妈的影像信6

我的小狗崽们过得还好吗?

今天从儿童之家来电话了,

那里的老师夸赞你们了,说你们俩的关系相处得很好。

贤淑还对自己的妈妈说:

“给我也生一个像珍珠一样的姐姐。不要给我生妹妹,要生个好姐姐!”

哈哈，真是这样吗？

听到这些后，妈妈的心情不知道有多好。

病就像一下子全好了一样。

我还听园长说了仁宇之前和贤淑打架的事情……

为什么你们没告诉我呢？

那天，妈妈不知道情况，所以才会对你们发怒，妈妈对不起你们两个！

珍珠啊，妈妈让你们跟着妈妈姓，

是决定用妈妈全部的爱来保护你和仁宇。

爸爸离开妈妈和你们时，

所有的人都劝妈妈放弃你们两个。

因为没有结婚登记的未婚妈妈，

在没有爸爸的情况下，养育起两个孩子来是件非常艰难的事情。

姨妈也说过要把你们的户口落到姨父的户籍上。

但妈妈不想这么做。

因为有你们两个，无论受世人多少指责，多少侮辱，我都能忍受。

但看来这只是妈妈一厢情愿的想法。

没想到你们会因为姓氏的问题被其他小朋友取笑，

小小年纪就要承受那么多事情，变得那么辛苦。

但是珍珠啊，你真的也认为妈妈的想法错了吗？

法律上并没有规定子女一定要跟父亲姓啊！

你们跟妈妈姓不也没关系吗？

至少妈妈能把自己的姓传给你和仁宇，

可以更堂堂正正地守护你们。

即使再苦再累，如果你能稍微体谅妈妈的心意的话，

我也会更努力的。

我不仅会做好妈妈该做的事情，也会弥补好爸爸的空位。

妈妈都会努力填补上，让自己做得更好。

对不起，我的孩子们！

我爱你们！

我亲爱的女儿珍珠！我的宝贝儿子仁宇！

第七章

惊喜的礼物

一月末，阳光儿童之家比任何时候都要繁忙，因为所有的孩子都会以即将升入小学离开儿童之家的大班孩子为中心，为他们准备才艺庆典。才艺庆典在每年的二月举行，这次活动是孩子们和爸爸妈妈一起度过的儿童之家里最大的活动。因为每个班级都想好好地表现，所以竞争也会很厉害。珍珠比任何人都要激动，早早就在等待着才艺庆典的到来——因为这是自己在妈妈面前展现从舞蹈学校学习成果的好机会，珍珠想把这段时间内努力练习的成果毫不保留地都

展现出来。

说起节目来，珍珠和朋友们会一起表演舞蹈“踢踏舞”。这种舞蹈需要穿上鞋底镶有铁掌的鞋子，用鞋前脚掌和后跟敲打地面发出嗒嗒的声音，音乐也很轻快。珍珠觉得，配合着节奏敲打地面的感觉实在太让人兴奋了。为了才艺庆典还要借演出专用服装和鞋子。借来的衣服漂亮极了，红色连衣裙上系着许多轻飘飘的蕾丝飘带，胸部和双肩处都有金色的亮片闪闪发亮，让人一眼看上去就想穿上它。

“我的天，珍珠啊！老师都没认出你来——实在是太漂亮了！”

为了搭配衣服，老师一边在珍珠的头上系红花，一边禁不住交口称赞。

“好像音乐歌剧中的舞蹈演员呀！”

老师解释说，在美国一个叫百老汇的地方公演的著名音乐剧中，踢踏舞是登场次数最多的。珍珠和她的同学要表演的舞蹈就来自音乐剧《42街》中的场面，讲述的是一位叫佩吉索耶尔的农村出身的少女，在困境中也不放弃努力练习的机会，经过几次挑战和失败之后，终于成功地成为了音乐剧

中的女主角。珍珠一边认真地跳着舞，一边想着自己也要成为像佩吉索耶尔一样著名的音乐剧中的主人公。

“你的妈妈要是看到你跳舞的样子，那该有多高兴呢？珍珠已经告诉妈妈了吗？表演踢踏舞时一定要让妈妈来看哦。”

“我还没有告诉她。”

“为什么？你的妈妈自从你上舞蹈学校开始，就一直向我询问你跳得好不好，她非常非常想看你的表演呢！你的妈妈是因为身体不舒服所以不能来看你的表演吗？”

“不是的，我想给妈妈一份礼物。之所以一直没跟我妈妈说，是因为想给妈妈一个惊喜。那样妈妈不是会更高兴吗？老师您也绝不能告诉妈妈哦。”

“好，知道了。但是老师可不太会保守秘密哦，呵呵。”

“不行，老师，我要给妈妈送上一份漂亮的邀请函，还要贴上邮票寄过去，但是要让妈妈事先知道的话，不就没有意思了吗？因此您一定要帮我保守这个秘密哦。”

为了完成“作战计划”，珍珠让仁宇也要彻底地保守这

一秘密。仁宇和松鼠班的朋友穿上动物服装，和女孩子结对跳可爱的舞蹈。在准备时，仁宇才发现，自己和班上最漂亮的敏京是一对儿。

仁宇真的很想好好地跳舞，但只见他上蹿下跳的，就是不见实力提高。真不知道他跳得究竟有多努力，每次练习下来他都汗涔涔的，尽管现在已是深冬季节。

“珍珠，仁宇，你们两个快出来！”

珍珠和仁宇刚刚结束练习，在两人吃零食的空隙，老师突然叫道：“有人来找你们啦。”

“是谁呢？”

“在这个世界上你们最希望见到的人！”

“是妈妈吗？”

“是妈妈，真的是妈妈!”

其实他们并不确信是谁，单单是想到妈妈会来，两个人就飞快地冲着玄关跑去。真的是妈妈！奇怪，今天又不是星期五，况且现在还是妈妈生意最忙的时候。

“妈妈，您怎么来了？”

“没什么事，妈妈想过来看你们，所以就来了。”

“您不卖烤面包了吗？”

“嗯，今天不卖了。珍珠，快把你和仁宇的书包都拿来，跟妈妈走吧！”

“真的？我们要回家了？”

妈妈从园长那里听说了仁宇和贤淑打架的事情，她的心里又怎么能好受呢？仔细思考过后，妈妈打算先暂停几天生意，为珍珠和仁宇抽出一点点时间来。在她看来，这既是给孩子们最大的安慰，也是送给孩子们的最好的礼物。

“老师，明后天就要春节放假了，从今天开始，我们可以休息吗？”

“当然可以呀！妈妈来接你们了？呀，你们真是太幸福了！”

老师话音刚落，仁宇就兴奋地喊叫着跑出了教室。

“哇，我太开心了！贤淑，我要回家去了！我妈妈来接我了。”

虽然老师示意让仁宇保持安静，但这丝毫起不到什么作用。要知道，仁宇最羡慕的事情，就是每天到了下午放学的时候，那些孩子可以牵着爸爸妈妈的手快快乐乐地回家。而

且，这也是仁宇最想做的一件事。今天他终于梦想成真了！仁宇收拾好书包，一直来到教室外面，仁宇一刻不停地跟自己的朋友们炫耀自己要回家的幸福样子，老师把这一切都看在眼里，脸上却装出一副若无其事的模样。

“老师，那些是什么衣服？”

在教室外面等待珍珠和仁宇收拾好书包出来的妈妈，突然看到了珍珠打算在才艺表演时穿的衣服。

“哎呀，珍珠再三请求我不要告诉您，您居然自己看到了。那就请装作什么都没看见吧！我得遵守约定才行。”

“我明白了。珍珠和仁宇最终还是会告诉我，让我来参加才艺庆典的。”妈妈很自豪地说。

“啊，是这样啊。这两个孩子不知道练习得有多认真呢。长颈鹿班跳踢踏舞，珍珠跳得棒极了。仁宇班所穿的动物服装，那是在手工课上孩子们亲手画出来的，到时候您仔细看看吧。仁宇画的狮子衣服简直太可爱了。”老师毫不吝啬对两个孩子赞美。

妈妈想象着穿着舞台服装表演的两个孩子，眼前仿佛已经看到了两人表演的样子，就连珍珠在自己的身旁说话，她

都没察觉出来，因为妈妈一直沉浸在自己的想象中，完全没有发现身边的珍珠。

“妈妈，我们去哪儿？”

车子行驶着。咦？这可不是回家的路。

“嗯……我们去逛市场。今年春节要买很多好吃的食物，咱们三个好好地过一次春节。妈妈之前不是跟你们约定好了吗？”

记得去年过春节时，正巧赶上妈妈在医院做手术。别说是丰盛的美味大餐了，三个人连年糕汤都没吃得上一口。想象着所有的人都和家人围坐在一起过春节，珍珠和仁宇这两个孩子没有妈妈在身边，妈妈的心里就一阵阵地刺痛。

每逢临近春节前，传统农贸市场就比往常更具有生机和活力，熙熙攘攘的人群衬托着即将到来的节日气氛。妈妈去糕点店买来了条糕、冰冻明太鱼以及烤肉料，还特意买了做杂烩用的粉条和蔬菜。

“妈妈，这么多东西都是让我们吃的吗？”

“是啊。明天我们什么都不做，就待在家里做一整天好吃的。后天呢，我们就开开心心地吃一整天好吃的。你们两

个小鬼也会帮妈妈准备的，对吗？”

这是当然的。为了等到这一天，这两个孩子不知道期待了多久呢！珍珠和仁宇异口同声地回答：“是！”

第二天，珍珠家一整天都弥漫着煎炒烹炸食物的味道。珍珠和仁宇帮妈妈汆丸子，也就是负责把肉、豆腐、各种蔬菜等都放在一起搅拌，然后捏成圆形。珍珠把面团一块块地撕下来搓成圆形，而仁宇则是负责用手掌把它们一个个地压扁。汆出来的丸子虽然模样不美观，看起来像是乱七八糟地连在一起，但是只要一涂上妈妈制作的鸡蛋糊，那可就变成喷香无比的美味了。最重要的是，珍珠和仁宇已经很久没从满是药味的妈妈身上闻到食物的味道了。妈妈也是很长时间都没有露过手艺了，她也显得很是高兴，一直都轻轻地哼着小曲。单从那个时候来看，妈妈好像一点都不感到痛似的，像是一位身体健康的慈祥妈妈，专心致志地为子女准备可口的饭菜。

春节一大早，珍珠和仁宇比任何时候都醒得早，两个人早早地睁开了眼睛。从现在开始，珍珠已经是八岁的孩子了，而仁宇也长到了六岁。虽然是农历正月初一，新的一年

已经开始了，但是按照传统的说法，要等到吃过新年的年糕汤以后才算是真正地长大了一岁。两人麻利地洗漱完毕后，就期待着妈妈送给他们的新年惊喜——妈妈早就为珍珠和仁宇准备好了漂亮的新年服装。顺便说一下，虽然妈妈一直决心把父亲的责任一并承担，但照顾好两个孩子可真不是一件容易的事情。其中让妈妈一直不能释怀的事情，就是在仁宇周岁的时候，没能给他置办一套像样的韩服。现在看着穿着天蓝色的裤子、配有粉红色背心上衣的仁宇，妈妈怎么看怎么觉得仁宇越来越帅气。而珍珠的新衣服同样也很漂亮：红色的裙子搭配彩缎上衣的韩服，珍珠穿上这身新衣服之后，都快变成大姑娘的模样了。

“妈妈，请接受我们的叩拜。”

“好，好，我是要接受女儿、儿子的叩拜。仁宇，你知道怎么行叩拜礼吗？”

“我知道，我知道，我在儿童之家学过的。”

“呀，原来已经学过了呀。真是太好了！妈妈还以为因为自己的身体疼痛，今年得不到仁宇的叩拜礼了呢！那么，我的好儿子、好女儿，开始叩拜吧，呵呵。”妈妈满脸洋溢

着微笑。

珍珠按照在儿童之家学的行礼方式，双手整齐地放在一起后慢慢地坐下来，先弯曲左脚，再弯下右脚，然后把屁股贴在双脚上，正准备给妈妈叩头时，突然听到旁边的仁宇伴随着一声响亮的哎哟声顺势倒了下去。原来，他偷偷地跟着珍珠的样子学，结果双腿拧在了一起。他这个样子简直太滑稽了，妈妈和珍珠笑得眼泪都要出来了。

“哎哟，我的肚子！太好玩了！我们仁宇从新年第一天早晨开始，就给妈妈送了一个大大的惊喜啊。”

珍珠强忍着笑意，为妈妈送上了自己的祝福。

“妈妈，愿您新年福气多多！”

“妈妈，愿你新年福气多多。嗯，还有什么来着……我想起来了！愿您健康长寿。”

“谢谢。我们今年一整年都要像这样充满欢乐地生活。你们俩一直让妈妈这么快乐的话，妈妈就会像仁宇所说的那样健康长寿的。所以无论是明年还是后年，妈妈都能得到我们仁宇行叩拜大礼的。仁宇，等到明年的话，你就不要再摔倒了吧？”

“妈妈不用担心！我明年一定能做好！”

叩拜结束后，妈妈为姐弟俩摆上了丰盛的早饭。之前准备的食物有很多种，盛到盘子里左一碟右一碟的，差不多摆满了一桌，家里所有的碗碟差不多都派上了用场。仁宇好久都没这么开心过了，他把每次在儿童之家用餐时唱的歌曲稍微改动了一下，唱了出来：

感谢美味的食物。

妈妈您要先吃哦。

姐姐请您开心地享用美味的食物呀。

我也会好好品尝的！

“仁宇啊，快多吃点儿哦！珍珠啊，你也多吃点儿！”

“是的，妈妈！”

年糕汤真是太美味了，珍珠和仁宇都找不出可以形容的词语来，只是呼噜呼噜地吃个不停。泡菜也很好吃，还有那些模样看起来坑坑洼洼的肉丸好吃极了。这两个孩子像饿了很久的小老虎一样，把头扎在一桌子的美味中埋头苦吃。奇怪，真不知道被吃掉的食物都到哪里去了，他们不停地吃，也不觉得撑。

“妈妈，您为什么不吃呀？”

等到两人都快把盘子扫干净了，才发现妈妈连一勺年糕汤都没喝。

“光是看着你们两个小东西吃，妈妈就觉得饱了。”

妈妈的肚子又像上次一样肿了起来，里面一定又填满了不好的水。

“妈妈，快张口！”仁宇说道。

仁宇用自己的小勺盛了一勺年糕汤，上面还放着一片泡菜，开心地递到了妈妈的嘴巴前。这怎么能拒绝呢？妈妈低下头吃了进去。

“好吃吧，妈妈？快点儿，再张口。”

这次是黄鱼。仁宇从骨头上剔下肉来，用手指捏着喂妈妈吃。

“妈妈真像个听话的孩子。”

这一瞬间，妈妈的年糕汤上突然滴落了一滴眼泪。这是妈妈的眼泪。

“妈妈，您为什么要哭啊？妈妈不要掉眼泪，好吗？”

“妈妈是个爱哭鬼哦。在我们家里，原来妈妈才是排第

一的爱哭鬼呢。我知道了！妈妈一定是因为太幸福、太高兴所以才哭的。我和仁宇一转眼都长这么大了。”珍珠赶忙说着。

真奇怪，并不是因为吃了年糕汤长了一岁的缘故，但是在珍珠看来，穿着新年衣服端坐在那里，用勺子喂妈妈吃饭的仁宇，怎么看怎么都比去年显得长大了很多。

“妈妈，您为什么还要哭呢？不要哭，不要哭！”

“是啊，珍珠。妈妈不哭，不哭了！我们一起吃年糕。喝完年糕汤以后，咱们今天一起去游乐园玩！”

妈妈吃完早饭匆匆地洗完碗后，就作好去游乐园的准备。但不知为什么，珍珠的步伐并不轻快。

“妈妈，我们以后再去吧，以后去也行的。”

对双腿不大便利、行走艰难的妈妈来说，去儿童公园可绝不是一件轻松的差事。

“没关系。妈妈现在就想跟你们去了。以前总是推着说以后再去，万一以后真去不了的话，那该怎么办呢？”

“如果我们走着走着，您又疼了，那该怎么办？”

“我保证绝对不会在去游乐园的时候疼的。能够和珍

珠、仁宇一起玩，妈妈怎么会感觉到疼痛呢？这会让妈妈更有精神才对啊。珍珠，别担心了，我们开开心心地，带着笑容一起出去好好玩，嗯？”

“我们家真奇怪啊，妈妈好像和姐姐调换了角色一样。哈哈，妈妈非要缠着去游乐园，而姐姐则说不行，不能去。”

“哈哈，仁宇你说得对。妈妈和珍珠的角色调换了！”

“嗯，姐姐像妈妈，妈妈像姐姐。哈哈，真好玩！”

这样的话，珍珠也没有办法再劝阻妈妈了。虽然嘴上没说，但对珍珠来说，她也偷偷地期待这一天好久了。

之前在儿童之家春游时，她曾经去过一次游乐园。以前仅是在电视中看到的游乐园，就像是童话故事中的城堡一样，那里布满了有趣的游乐设施，华丽的游行队伍，所有的景象都让人惊讶得瞪大眼睛。但是最让珍珠觉得不可思议的是，那里有很多很多小朋友牵着爸爸妈妈的手在那里玩耍。

直到那时，珍珠从来都没跟妈妈去过游乐场。靠卖烤面包维持一家三口人生活的妈妈，从清晨起床就开始准备面糊，直到夜晚结束生意，一天到晚都忙个不停。带着小仁宇和珍珠去

游乐园玩，这是珍珠连做梦都没想过的事情。即使有机会和妈妈一同外出，也无外乎周六晚上一起去蒸汽房，一起出去骑自行车，一起去吃仁宇爱吃的炸猪排等这些活动。在珍珠看来，其他孩子想必也是如此。但是，后来看到很多孩子拍的和爸爸妈妈一起手牵手玩游乐设施的照片后，她才觉得自己与其他孩子有着不同的地方。

那天，珍珠只是茫然地跟着其他小朋友和老师们一直走。她不停地想起独自在儿童之家的仁宇，想起在外面辛苦地卖着烤面包的妈妈。珍珠暗自心想：有机会的话，一定要一家三口人手牵着手来一次游乐园才好。

"姐姐，快看，这是旋转木马，是真的旋转木马哦。这比照片里的木马看起来大多了！"

仁宇还是头一次这么兴奋。他坐在高高的木马上，上上下下地移动着，不断传出开心的笑声。坐在旋转木马上的珍珠和仁宇每转一圈，妈妈就会呼唤一次他们的名字，并朝着他们挥动着双手。特别值得说明的是，妈妈还特意为他们拍照留了纪念，仁宇和珍珠简直开心死了。这一整天都是那样。他们玩滴溜溜乱转的高空飞篮时是这样，玩在天空中飞

的座椅时也是这样，玩碰碰车在童话王国里穿来穿去的时候也是这样——妈妈不停地呼唤着珍珠和仁宇的名字，并使劲地挥动着双手。叫着两个孩子名字的时候，妈妈似乎比玩游乐设施的珍珠和仁宇还要快乐，她看起来满脸都洋溢着难得的幸福。

“仁宇啊，觉得好玩吗？”

“嗯，太好玩了！”

“早知道我们仁宇这么喜欢的话，妈妈就该早点儿带你们来玩，对吧？”

虽然天天忙是最大的借口，但其实在妈妈的心里，也很少有带孩子们到处去玩的念头。妈妈总担心游乐园的孩子们，大家都是牵着爸爸妈妈的手一起来的，只有妈妈陪伴的珍珠和仁宇，他们会不会羡慕其他小朋友呢？会不会因为腿脚不便、衣着朴素的妈妈而感到羞愧呢？妈妈的心里一直都担心这些。其实，孩子们只要能跟妈妈在一起玩，三个人在一起就觉得高兴。这是妈妈万万没想到的。

“妈妈，等到我八岁的时候，我们再来一次好不好？”仁宇开心地说。

“为什么非得是八岁呢？”妈妈问道。

“八岁的时候，我就已经成为小学生了。那样的话，游乐园的很多东西我都可以坐了，像那边那个海盗船，我到时候就可以玩啦，还有那边沿着水道“唰”的一声滑下去的小船，我到时候也可以玩。妈妈，这里的很多东西我都还想再玩一次。”

“好，好吧！还想去哪儿呢？明年春天，我们带着紫菜包饭一起去动物园看动物吧。仁宇，你不是只在电视上看过老虎、狮子之类的动物吗？还没有看过真正的野兽吧？”

“嗯，还有熊、长颈鹿，好多好多动物我都没看到过。”

妈妈把仁宇和珍珠的手紧紧地聚到一起，牢牢地抓住。

“珍珠啊，妈妈非常喜欢这里。和你们一起欢笑玩闹，还可以到处转转，妈妈感觉身体的力气就像沸腾了似的。我们好久没三个人一起照相了，去照一张全家福怎么样？我们叫那边那位漂亮的姐姐来为我们拍一张照片吧。”

真是很久没拍过全家福了！妈妈接受胃癌手术之前，曾带着珍珠和仁宇去照相馆拍过一次全家福，那还是头一次

全家一起拍照。那段时间珍珠和仁宇忽然间长大了很多。之后，妈妈因为接受手术和抗癌治疗，所以身体变得瘦瘦的，头发掉得也差不多了，脸色也变得黑黑的。妈妈总是推脱等痊愈了、等变得漂亮了再去照照片。今天，妈妈终于鼓足了勇气，说要全家一起拍照，妈妈终于冲着照相机开朗地笑了——这也是三个人一起照的最后一张照片。

妈妈的影像信7

珍珠啊，有时候不知情也是一件好事。

人们选择不说一件事的时候，一定有他们的理由。

妈妈为什么要说这个呢？

妈妈今天去医院了，

第二期抗癌治疗也结束了，

妈妈问大夫，自己还能活多久。

事实上妈妈几次都想问大夫这件事情，但心里好像一直都害怕听到问题的答案，一直没有勇气说出口。

每次都是鼓起勇气，

又一次次地犹豫。

今天，妈妈终于拿出了全部的勇气开口问了……

医生说妈妈还能活六个月，

如果时间长的话还能活一年。

第一次抗癌治疗失败了，

第二次抗癌治疗同样如此，

大夫说妈妈没能把癌细胞从自己的体内驱赶出去。

看来，一直让你们担惊受怕，还那么艰难地打的注射针，并没有起到什么作用啊。

珍珠啊，妈妈是不是再也没有希望好起来了呢？

如果知道答案会是这样的话，妈妈还不如不知道。

我怎么能忍心放下你们走呢？你们都还那么小，

我的孩子们，我应该一直守护着你们，

一直到你们长大成人的。

珍珠啊，妈妈该怎么办呢？

妈妈的第七封影音文件就这样结束了。

妈妈为了不让珍珠看到自己落泪，急急忙忙地关掉了摄像机，连每次说的“我爱你们”的问候都没有来得及说出来。

对着摄像机，一个人坐在房间里默默流泪的妈妈——这些，珍珠至今历历在目。

突然之间，珍珠的眼泪就再也止不住了，像放开闸的洪水一样喷涌而出。

珍珠想飞回到那段时间，哪怕只和妈妈再待上一天也好啊！

珍珠实在不忍心让妈妈一个人难过。

第八章

最后的烤面包

妈妈重新开始做生意了。周五，妈妈没有来儿童之家接珍珠和仁宇，而是给他们打来了电话。

“珍珠啊，今天的客人很多。你能和仁宇一起走回家来吗？能记得回来的路吗？”

从儿童之家到妈妈摆小吃摊的卖场前面的十字路口，需要走五分钟的时间。妈妈之所以把姐弟俩送到阳光儿童之家，也是因为自己的小吃摊离儿童之家不远的缘故。一到周五，珍珠和仁宇通常都会和妈妈一起走到小吃摊，等卖完

烤面包后再一起回家。两年来，因为每周都会走一次，所以这条路对于年幼的珍珠和仁宇来说，即使闭着眼睛也能走回去。可即便如此，妈妈还是很担心他们能不能走回来。

“一定要小心车辆，从市场穿过来后，往右侧走，知道吗？千万不要弄混。路过文具店和商店时不要东张西望，过马路时一定要抓紧仁宇的手，千万别忘了呀！走过来时，一直别放开仁宇的手啊。”

“妈妈，我都知道。”

“好，我们珍珠最棒了。是现在就出发吗？妈妈会看着时间的。你们要小心地走回来啊。”

珍珠倒是没什么问题，但仁宇却是个麻烦。路过每个商店时，仁宇都要凑过去看看，就像是看什么热闹一样。看完文具店里的玩具，他又要看看生鱼片店里水箱中的活鱼。

“你还不快点儿跟上来？再磨磨蹭蹭的，我可就要丢下你走了哦！”

“姐姐，你快看这个。这个鱼有胡须耶，长长的！”

“妈妈还等着我们呢，你快点儿啊！”

面对贪玩的仁宇，珍珠实在想不出还有什么其他的方法。珍珠丢下仁宇迈开步子走出了十几步远，仁宇还是一动不动的。珍珠又假装走了十几步。如果仁宇再不跟上来的话，珍珠就打算退回去拖着仁宇走了。就在这时，仁宇依依不舍地回头望着水箱，一路小跑着到了珍珠的身边。

“仁宇，快抓住我的手。”

“姐姐真讨厌！”

“如果不抓住我的手的话，就得挨妈妈训了。”

“手很冷的。”

“哎哟，事情真多！把我的手套给你。谁让你把自己的手套弄丢了呢？把手伸过来！”

珍珠给仁宇戴上了自己的手套，自己则冻着小手紧紧地抓着仁宇的手。不知是因为戴上手套的原因，还是因为珍珠的心意暖暖的，总之仁宇的手渐渐地就暖和过来了。仁宇已经忘记了长着长胡须的大鱼，只是静静地握着珍珠的手往前走着。

妈妈在这几分钟之内，一直站在小吃摊外面向对面的胡同张望着。等看到姐弟俩的身影时，妈妈走到人行横道前，用力挥舞着手朝着珍珠和仁宇迎了上去。虽然心里也明白姐

弟俩不会有什么事情发生，但妈妈的心里始终煎熬着，一刻也不得轻松。两个孩子会不会迷路呢？会不会因为车辆而遭到危险呢？

“仁宇，你终于握着姐姐的手安全地回来了。珍珠啊，真辛苦你了。现在妈妈把仁宇交给珍珠负责后，一点儿也不用担心了。”

妈妈满意地望着珍珠。

“妈妈，我能吃一个烤面包吗？”

“当然，想吃多少都可以。拿热乎乎的面包来吃哦。”

再好吃的东西，如果总吃的话也会有厌腻的时候，但是不管怎么说，珍珠总会时常想起妈妈的烤面包。妈妈生病之前身上都是烤面包的香味，后来就变成了药的味道，所以珍珠只要一闻到烤面包的香味就会想起妈妈。

“已经好久没吃过妈妈做的烤面包了。”

“好吃吗？”

“嗯，妈妈，烤面包卖得多吗？”

“嗯，卖得很多。今天带了三桶面糊，虽然带得比平时多，但我觉得也不用卖到很晚。早知道今天生意这么好，就

该早点多做些面糊了。今天晚饭前肯定能做完生意！”

可能是好久没开张做生意了，客人们再见到有一天妈妈来了，别提他们有多高兴了。

“哎哟，我今天过来看看是否能买到烤面包，果然看到您出来做生意了。这段日子，我不知道空跑了几趟呢！”

“是吗？那真是太抱歉了！”

“我之前在其他家也买过烤面包，但我老婆一口就能吃出来，说肯定不是您做的！”客人们见到妈妈再次出来卖烤面包，都很开心。

但珍珠觉得妈妈那天有些奇怪。

“爷爷，给您烤面包。”

“怎么给这么多呢？我只要两千韩元的就够了。”

原本一千韩元买五个烤面包，就算妈妈多给的话，也就多给一两个，可是那天，客人买五个的话妈妈就多给客人送五个，简直像卖场里搞的买一送一的活动。

“我知道。您经常照顾我的生意，今天我也只收您两千韩元，其余的都算我送给您的。”

“哈哈，那谢谢了。”

这些还不算什么，还有更奇怪的。

“爷爷，下次您再来的话我就不在这儿了，因为以后我不想再做生意了。这段时间谢谢您的照顾啊。您慢走，祝您和奶奶永远健康！”

原来这是妈妈最后一次做烤面包生意。四年前，当她和珍珠爸爸分手后，感到前途渺茫时就开始在那个位置摆摊卖烤面包。夏季的时候卖过果汁，之后又换过其他东西卖，但是，烤面包是在这些东西中卖得最好的。

妈妈从不从批发商那里购买批量生产的红豆粉，而是亲手炖红豆制作面包馅儿，面糊也都是每个清晨她亲手做的。正因如此，照顾妈妈生意的常客渐渐多了起来。妈妈靠卖烤面包维持一家人的生计，供孩子们吃喝穿戴，虽然没挣很多钱，但总算还有些存款，但是现在，妈妈竟然说她不做生意了。

“妈妈，为什么您要停掉卖烤面包的生意呢？”

“嗯，珍珠和仁宇回家后，妈妈想和你们俩在家一起玩。”

“那样行吗？这样我们不就没有钱了吗？”

국화빵 100

“不是，妈妈有很多钱。之前卖烤面包，妈妈赚了好多钱呢。”

虽然心里觉得很开心，但不知为什么，珍珠总觉得这么做不大妥当。虽然抗癌治疗结束了，但妈妈好像并不像之前那样健康。虽然定期去医院抽腹水，但妈妈的肚子里还是总会产生不好的水，肚子经常会胀起来，因此，妈妈只要稍微动一动就会感到呼吸困难，疼痛也总会重新找来。有的时候，妈妈全身都会发麻发抖，腹部就像刀绞一样疼，身子也会随之变得扭曲。并且，妈妈也不能好好地进食，总共才吃几勺但过会就会全都吐出来。这样看来，妈妈的生意确实不能做下去了。到了周末，当珍珠和仁宇回家后，妈妈也会经常整天整宿地躺在床上。珍珠努力地揉搓着妈妈的双手和双脚，但似乎也不像以前那么有效果了。妈妈吃止痛片的次数渐渐地增多，量也一次比一次增大。“是不是不做生意就会好呢？妈妈是不是疼得不能再做生意了呢？”珍珠总是感到不安，每逢此时，她都会羡慕毫不知情的仁宇。

“哇，那么，姐姐和我现在不用去儿童之家住了吗？”

“当然。等才艺庆典结束后，我们一家三口就可以天天待在一起了。仁宇，你觉得这样好吗？”

“好！当然太好了！”

像妈妈预料的一样，在太阳落山之前，妈妈的生意就早早地结束了。也许是春天快要来了吧，白天变得非常长。妈妈把小吃摊和烤面包用的机器卖给了自己认识的人，让他继续在那个位置卖烤面包。想象着在这个小吃摊里卖烤面包的人，马上就不是妈妈而换成了其他的人，不知怎的，珍珠的感觉总是怪怪的。大概其他人也会同样有这样的感觉吧！

“现在这条路也是我们最后一次走了。这辆车我们要不要把它也卖了呢？”妈妈问道。

“讨厌。这是我的宇宙飞船！”

“好的，仁宇和这辆车已经产生很深的感情了。但是我们现在不需要运送面糊桶了，这辆车我们看来也不需要了呀。”

妈妈把所有的东西都整理好了，就像搬家一样。

“妈妈不是还要去医院吗？”

“……”妈妈沉默不语。

“还有，去玩的时候，姐姐，我们不是还决定要去动物

园玩的吗？”

“是啊，对。我们得去玩呢。珍珠，仁宇，我们等再暖一些的话，就坐着这辆车去动物园。那好，这辆车我们可以一直开到那个时候。”

回到家以后，妈妈也和平时有些不同。有些很奇怪的文件，因为平时怕被珍珠和仁宇弄坏，妈妈一直很小心地珍藏着，就收藏在抽屉最里面。今天，妈妈特意拿出来给姐弟俩观看，并耐心地给珍珠和仁宇讲解着：一个是一本陈旧的电话簿，另一个文件则是房屋租赁契约书，上面还有给珍珠上的教育保险证、存折和自己的印章。妈妈说这些东西要在应急时备用，并再三嘱托珍珠，要让她好好地记住这些东西放在哪里。但不知怎的，珍珠就是不停地摇着头。

“珍珠啊，这些并不是很难的事呀。我们的第二个抽屉里放着这些文件，文件柜里面放着存折和印章。现在你能记住吧？”

“我不知道，妈妈，我不愿意记这些东西，还是您记着吧。我一会儿就会忘掉的！”

“不，不，孩子你得记住！”

“这些东西是什么，我都不知道。”

珍珠已经听出妈妈的意思了，她突然害怕得要命。如果说自己都记住的话，妈妈就像要把这一切都交给珍珠，然后自己离开似的。妈妈说了好几次，珍珠都回答说自己不知道，无论妈妈怎么用请求的口吻，她都还是坚定地摇着自己的小脑袋。见到珍珠这样坚决，妈妈只能长长地叹了一口气。深夜，躺在床铺上的妈妈用双臂搂着珍珠和仁宇，轻轻地对姐弟俩说出了最后一项请求。

“仁宇啊，妈妈不在的时候，你管姐姐叫什么？”

“妈妈。”

“对，是妈妈！你是好孩子，是要好好听话呢，还是淘气不听话？”

“我要好好地听话。”

妈妈先得到了仁宇的保证。

“听明白了吧？和妈妈保证，要好好听你姐姐的话啊，来，亲妈妈一口。”

妈妈用亲吻代替拉钩，来与仁宇订下了约定。

“说好了？”

“嗯。”

虽然这些话听起来就像日常所说的口头禅一样，但珍珠还是听出来妈妈的声音有些发抖。

“珍珠啊，妈妈不在的时候，仁宇管你叫什么呢？”

“妈妈！”

“是妈妈吧？妈妈要好好地照顾弟弟才行啊！妈妈相信珍珠。我可以相信珍珠，对吗？来，珍珠也亲妈妈一下。”

听起来就像是绝不能违背的甜蜜约定一样。不过，妈妈对珍珠还有一个请求。

“一直拨妈妈电话的号码‘1’的话，就是姨妈的电话。妈妈有什么事就给姨妈打电话。珍珠，能做到吧？”

珍珠实在不忍心对妈妈说自己连这个也不知道。但是，珍珠真希望永远都不要发生让自己按号码“1”的事情。

妈妈的影像信8

珍珠啊，妈妈今天收到这个东西了。

你寄来的邀请函！

怎么之前连一点声色都不透露给妈妈呢？

刚看到时，真是吓了一大跳呢！

现在妈妈念给你听啊：

邀请

妈妈，我是珍珠。这样给您写信还是头一次呢。

妈妈，过去一年来，您既要打针，又要照顾我们俩，

一定非常辛苦吧？

妈妈，我觉得针都打完了，应该就不会那么痛苦了。

我每天晚上入睡前也都会向上帝祈祷的，

祈求妈妈不再疼痛。

还有，如果我每天能在家和您一起住的话，每天晚上我都

会给您揉双手和双脚，

而且还会帮您做很多家务活的。

妈妈，我要在这次才艺庆典中表演非常有气派的舞蹈哦。

为了展示给妈妈看，我可是练了很久的啊。

对了，表演的服装也很漂亮啊。妈妈您一定要来啊！

我爱妈妈！

珍珠啊，太感谢你了。

世界上能收到这种信的母亲就只有我自己而已。

没想到会是这样的。

妈妈作了最坏的打算。

妈妈太累了，

实在是想举白旗投降了，

癌症，你赢了，我想休息了……

好像世界对妈妈格外不公平似的，

妈妈觉得好委屈，好委屈。

为什么我的双腿是这样的呢？

婚姻也失败了，

努力接受治疗以为现在就要痊愈了，但现在又要复发了。

但是不管怎样抱怨，

妈妈都要重新打起精神来，

紧紧地握住拳头，

绝对不会放弃。

只要妈妈能活着，

只要能注视你们慢慢长大成人的样子，

无论怎样的痛苦，妈妈都觉得是甜蜜的。

珍珠啊，多谢你！

你又让妈妈燃起了生活的希望，

你给了妈妈无穷无尽的勇气。

珍珠、仁宇，我爱你们！

我对你们的爱，就像天一样高，像地一样宽广。

第九章

才艺庆典

“妈妈什么时候才能来呢？”在儿童之家的仁宇迫不及待地在电话里问妈妈。

“原来是仁宇啊！为什么这么急匆匆地打过电话来呢？别担心，妈妈说好会过去就一定会去的。你看，我这不是都准备好了吗？妈妈这就过去！”

今天终于到了才艺庆典的日子，但仁宇的声音听上去却没有一点儿的力气。

“我们家的小王子今天怎么了呢？声音听起来不对劲

呀，是哪里不舒服吗？”

“妈妈，我不想登台表演了。”

“为什么？妈妈为了去看仁宇的表演，可是打扮得漂漂亮亮的呢！”

“贤淑说我是松鼠班里最奇怪的，衣服画得也不像狮子，舞跳得也不好……妈妈，要是大家都笑话我的话该怎么办呢？我好像总是会出错……妈妈，我的肚子好像也开始疼了，真的真的……”

真的要上舞台进行彩排时，仁宇突然显得害怕起来，表情都不那么自然了。尤其是每个人本应该穿着自己画的动物衣服登台表演，但偏偏某些孩子却穿着妈妈买的动物衣服来的。同样是狮子，贤淑穿着胳膊和腿上都系着软毛，还拖着长长尾巴的狮子衣服，她装扮的狮子看起来更帅一些。仁宇和他的搭档敏京都向贤淑望去，他们担心会不会突然要更换搭档。尽管老师不停地鼓励着仁宇，珍珠也在不停地劝说着，但似乎都没有用。没办法，为了从妈妈那里请求帮助，老师拨通了妈妈的电话。

“仁宇不用担心，妈妈不让任何人嘲笑你的。妈妈会大

声拍手叫好，说我们仁宇是最棒的，你看这样行吗？”

“就算是那样……”

“仁宇能做好的，我们仁宇多帅啊！妈妈还会做漂亮的花束带过去的。表演完的话，就会收到漂亮的花束哦！这下心情总算该好一些了吧?”

“嗯，妈妈！那您快点儿来吧！”

妈妈的声援果然起到了作用。仁宇用稍微明朗一些的声音挂断了妈妈的电话。

已是2月末的天气，漫长的冬天就要走到尽头了，但由于比深冬的威力还要猛烈的春寒的作用，天气还是冷飕飕的。不再做生意的妈妈一点儿出门的念头都没有，整天待在房间里和讨厌的疼痛做着激烈的斗争。现在腹水随时都在增长，所以连躺下睡觉都变成了非常困难的事情。接到仁宇的电话之前，妈妈还站在衣橱前犹豫了好一阵儿。真要去才艺庆典的话，这才发现确实没一件合适的衣服。因为妈妈总是不能很好地吃饭，身体变得比以前瘦多了，况且肚子里又充满了腹水，显得肚子总是气鼓鼓的样子。妈妈害怕自己穿着不像样的衣服去学校的话，反而会让珍珠和仁宇成为同学们的笑

柄。但是，这样的场面又不能不去。去年在医院做手术，妈妈未来得及参加这样的活动，所以珍珠和仁宇连个给自己助威的人都没有，两个人都没能站在舞台上表演节目。今年，无论如何都要去给孩子们助威——穿好衣服的妈妈去儿童之家之前，先朝着美发店走去。

“您这是去孩子的才艺庆典吗？”美发店的员工亲切地问道。

“您怎么知道呢？”

“今天有儿童之家的妈妈们来这里做头发，想让我们帮忙弄个好看的发型呢！”

其他妈妈会装扮得多么漂亮呢？妈妈想象着她们的模样，又怔怔地望着镜子中的自己。

“您打算怎么做呢？”

“只要弄得看起来不像一个生病的人就行了。”妈妈说出来的话有些无奈。

“嗯？其他的呢？”

这是珍珠和仁宇参加的庆典活动，无论如何，妈妈都愿意掩盖住自己一脸的病态。妈妈平时难得涂粉底霜，擦眼

影，今天不仅这样做了，还特意涂了一些口红。

“再喷点儿香水吧。我身上还是有药味吧？因为已经吃了两年的抗癌药，身上的药味怎么都消除不了。头发您也帮我弄得漂亮一些吧，我实在不想让孩子们觉得羞愧！”

说到上次进美容院，这可真是很久之前的事情了。两年前开始做第一次抗癌治疗时，听说治疗期间会掉头发，所以妈妈特意来这里理了头发。此后，她就再没去过美容院。因为持续的抗癌治疗，头发在全长出来之前就快掉光了。这些短短的、稀疏而又没有光泽的头发，让旁边的美容师也陷入了为难之中。

“非常抱歉，可能只能这么稍微帮您吹吹了，本来想要帮您做一点小波浪，但是吹风机温度高，我担心会把您头发吹断了。”

“嗯，您看着办吧，能做成什么样就做什么样吧！”

跟别人相比虽然总觉得有些相形见绌，但妈妈从来都是尽自己最大的努力去做事情。这次她却一点儿自信都没有，实在不知道这是不是为珍珠和仁宇做得最好的。

从社区中心借来的礼堂演出场地，早早地就挤满了爸爸

妈妈们，甚至还有妈妈、爸爸、爷爷、奶奶等全家人都出动的家庭。小小的场所居然坐了数百名观众。孩子们也早早地就在等待室里作好了演出的准备，眼下就只等着上舞台表演了。为了记录下这一幕，忙着用照相机或摄像机拍摄的爸爸妈妈们更是手忙脚乱。仁宇的妈妈在离等待室稍远的地方站着四下张望着。为了不引起别人的注意，妈妈使劲儿遮挡着自己的脸，朝远处望着珍珠和仁宇。就在这时，场上却引起了一阵骚动。妈妈不知道发生了什么事，仔细观看，才发现引起骚动的源头正是仁宇。

“我不演了，我要退出！”仁宇吵闹着。

“仁宇啊，不要这样。妈妈在外面等着你呢。你不出去表演的话，妈妈该有多伤心呢！”

老师哄劝着不愿意上台表演的仁宇，但似乎气鼓鼓的仁宇嗓音却越来越高了。

“我又不知道妈妈来没来，我怎么能知道呢？老师总是说让我耐心等，我左等右等妈妈都不来。要是妈妈能过来的话，她一定早就来了。您看，别人的妈妈不是都来了吗？”

妈妈拨开周围的人，径直朝仁宇走过去。

“发生什么事了呢？我的小王子，为什么还不准备表演呢？”

看见妈妈的仁宇一下子扑到了妈妈的怀里。原来仁宇是在苦苦地等待着妈妈的到来。

“妈妈，为什么您现在才来呢？敏京说要和贤淑一组表演。原本她是和我一组的，说我的衣服跟她们不搭配，贤淑的妈妈……”

还没等仁宇把话说完，贤淑的妈妈就插了进来。

“您是仁宇妈妈吗？中间表演的位置，衣服还是稍微华丽一点儿比较好，就让仁宇和衣服相衬的贤淑换换位置吧！这孩子太倔了，死活不肯换位置，还以此为借口乱发脾气。您快劝劝他吧！因为这孩子临阵脱逃，松鼠班的孩子们都在那里等着呢！”

贤淑妈妈穿着精致华美的服装，脸部的妆容也十分精致，真不知道她去没去过美容院，总之她的头发修整得很整洁利落。

“嗯，我会劝劝他，尽快带他过去的。请您先出去吧！”

松鼠班的孩子们都朝舞台的后方走去，仅留下了妈妈和仁宇两个人。

“仁宇啊，你觉得是妈妈漂亮呢，还是贤淑的妈妈漂亮？”

“当然是妈妈漂亮了。”

“就算妈妈的头发几乎都没有，衣服也没那么好看，你也觉得妈妈更漂亮，对吗？”

“即使那样，我也最爱我的妈妈。”

妈妈紧紧地把仁宇搂在怀里，温柔地接着说：

“我知道，妈妈也是这样想的。贤淑即使穿着再漂亮的衣服，而在妈妈的眼里，仁宇才是最漂亮的狮子。所以拿出勇气来，妈妈坐在最前面，比贤淑的妈妈还要更大声地鼓掌叫好。怎么样？”

仁宇和松鼠班的舞队是拉开才艺庆典帷幕的开场节目。孩子们一登场，坐席上就传出了雷鸣般的掌声和欢呼声。平生第一次站在舞台上，在热烈的掌声中，孩子们全都瞪大了双眼。音乐声响起来了，可在这时，仁宇就像变成了冰块一样。本来站在舞台上就信心不足，再加上下面全都坐满了人，所以他的心里显得更害怕了。仁宇在跳舞的孩子们中间手忙脚乱的，座席上的人看到这一幕都纷纷笑成了一团。脸变得通红的仁宇一下子哭了起来，人们越发笑得更加厉害了。为了让仁宇看得见自己，坐在最前面的妈妈不停地寻找与仁宇视线相对的机会，她使尽浑身解数为仁宇呐喊助威。

“仁宇，仁宇啊，要加油啊！没关系，没关系。妈妈认为仁宇最帅。我的儿子最好，仁宇加油！”

因为大家的视线都集中在自己的身上，始终没有抬头的仁宇求助般地朝妈妈望去。妈妈怕错过这个机会，赶紧给仁宇送去比这里的任何父母拍手的声音都大的掌声。此时此刻，无论是谁，他们怎样看待自己，妈妈都觉得没关系了。妈妈一边拍着手一边说道：“无论什么状况，妈妈都会支持你，都会站在你那边的，所以仁宇，你要更勇敢一些！”人生总有经历艰难困苦的时候，总有感到世界只剩下自己的孤独瞬间。为了让仁宇每到这个时候都想起曾经有过如此热烈的掌声，妈妈竭尽全力地拍着手鼓掌呐喊。

公开演出持续了一个小时左右，最后一个精彩节目亮相了。在鞋底的铁掌敲打着地面发出轻快的节奏之中，等了又等的珍珠终于登场了。穿着系有蕾丝的红色短连衣裙的珍珠，每次踩着音乐的舞步都像是要轻飘飘地飞起来似的。座席上的人们不约而同地开始配合着节奏拍手喝彩。

珍珠一边跳舞一边用眼睛注视着自己的妈妈。虽然有数百名观众，但她还是一眼就看到了妈妈——望着自己露出

最幸福笑容的人就是自己的妈妈。珍珠知道妈妈一直都很内疚，责怪自己不该把珍珠和仁宇送到儿童之家来。所以珍珠想把自己现在的模样展现给妈妈看。即使每天晚上都不能在妈妈的怀里睡觉，自己也一样成长得好好的。珍珠想通过自己的舞蹈告诉妈妈，提醒她不用过意不去。用这支舞蹈，珍珠是在向妈妈传递着自己的心意。

在一片喝彩声中，珍珠的表演结束了。毋庸置疑，最受欢迎的节目当然是踢踏舞表演。参加表演的孩子们全都登上了舞台谢幕，主持人叔叔走到珍珠的身边，把话筒递了过去。

“这位小朋友，你叫什么名字？”

“李珍珠。”

“小女孩真有气势啊！我们大家给她鼓鼓掌吧！”

珍珠望着妈妈微微地笑着。因为妈妈一直望着自己，一直给自己加油打气，所以珍珠一点儿都不觉得紧张，一点儿都不害怕。

“刚才你跳了一种非常独特的舞蹈。你能详细说明一下刚才跳的舞蹈吗？”

“我们刚才跳的舞蹈叫踢踏舞，这是美国著名音乐剧《42街》中的一幕。那个音乐剧的主人公是一位出身贫苦农村的少女佩吉索耶尔。即使在困境中，她也一直努力地练习舞蹈，最终成为了音乐剧中的主人公。我长大以后，也想成为像佩吉索耶尔一样的人。”

“哇，现场的观众要为这一番话再次送出大家的鼓掌才行呀。珍珠妈妈，您在哪儿呢？您真是教导有方啊！”主持人兴奋地说。

妈妈挥动着双手示意主持人，表明自己就是珍珠的妈妈。坐在旁边的人客客气气地望着妈妈，并传达了自己的问候。

“珍珠对妈妈有什么想说的吗？”主持人继续问。

“有。我的妈妈病得很严重，为了养活弟弟仁宇和我，妈妈每天都冒着严寒出去卖烤面包，妈妈一直都很辛苦。我一定要对妈妈说出下面这些话。”

珍珠拿着话筒，激动地望着妈妈。

“妈妈，谢谢您养育我们。您要和我们生活到永远永远！妈妈，请您不要放弃！拜托您不要放弃！”

座席上传来了阵阵哽咽的声音。珍珠的一番话撼动了在场所有人的心灵。但是奇怪的是，妈妈并没有哭泣，妈妈是怕珍珠漂亮的样子被控制不住的眼泪破坏掉。妈妈起身走到了从舞台上下来的珍珠面前，并为她送上了漂亮的花束。妈妈向她立下了保证，说自己会一直活下去，无论什么时候，无论发生什么事情，自己都不会放弃生命！

妈妈的影像信9

珍珠、仁宇，我的孩子们！

昨天真是飘飘然然的一天，

妈妈一下子感觉又拥有了整个世界。

我原本就知道仁宇和珍珠一定会那么帅气，那么漂亮，

所以妈妈才会生下你们两个小东西的。

珍珠啊，像你昨天说的那样，

成为一名出色的音乐剧演员也很好啊！

那样的话，妈妈每天都要去看你的表演。

在华丽的舞台上快乐地跳舞的珍珠，

妈妈单是想想，就觉得这是让人幸福的事情。

珍珠、仁宇，

昨天妈妈突然醒悟到了一些东西。

对妈妈来说，“想活着”“想活下去”，这不仅仅是一种愿望、一种求生的希望、一种真切的期望，

更是作为一位母亲，最起码应该做的义务和应担负的责任。

对，我是你们的妈妈，

所以，我一定要尽自己的全力，

在你们的背后为你们鼓掌喝彩。

在你们表现好的时候，我会热烈地鼓掌；

在你们困难的时候，我会送上暖人的激励；

在你们受伤的时候，我会送上温暖的拥抱。

在你们需要的时候，在你们需要的地方，

妈妈会一直和你们在一起，

这，

就是妈妈必须活下去的理由。

妈妈绝不会违背身为一位妈妈所应担负起的责任的。

妈妈应该重新跟癌症做斗争，

尽全力斗争到底，

哪怕到最后一刻。

珍珠、仁宇，妈妈爱你们，

永远永远都爱你们！

第十章

回家

“上帝听到我的祈祷了！”

上小学后，珍珠每次睁开双眼都会这么想。每天早上她都会被妈妈温柔的声音叫醒，闻到与自己睡觉的房间并排挨着的厨房里，传来的阵阵咕嘟咕嘟煮汤的声音，还有刚刚做好的鳀鱼香味。有时没等妈妈把她叫醒，珍珠就被香喷喷的味道唤醒了。每到这个时候，珍珠就会偷偷地走到水槽后面，从身后紧紧地抱住妈妈。和妈妈在一起的早晨幸福得简直像在做梦。珍珠和仁宇总是把妈妈准备好的早饭狼吞虎咽

地一扫而光。美味是一方面，更多的是因为妈妈。虽然妈妈一点儿胃口都没有，甚至连拿起筷子的欲望都没有，但看到珍珠和仁宇吃得这么津津有味的话，妈妈就问他们：“我做的饭菜真的这么好吃吗？”看到两个孩子不停地点头后，她也跟着一勺一勺地吃下去。

“妈妈，吃饭！”

“妈妈，再多吃一些豆芽。”

在两个孩子看来，妈妈比前一天多吃一勺的话，病好像就会稍微好一些的样子。妈妈已经中断了抗癌治疗，头发又重新生长起来了。这让两个孩子似乎又看到了更多的希望。

“我去上学了。仁宇啊，姐姐走了！”

珍珠背着红色的书包，高声地向妈妈和弟弟问候完之后就轻快地出了家门。最初珍珠和仁宇刚分开的时候，妈妈并不是没有担心过，总觉得两个孩子会有陌生感，互相都不适应。被转送到附近幼儿园上学的仁宇，要比珍珠稍微晚一些出家门，他会坐幼儿园的校车上学，而下午三点就会到家了。早晨一般是妈妈送仁宇上学，晚上则由珍珠接他回家。珍珠上小学之后，自己也交到了新的好朋友。同班同学善敏

和好晶都住在珍珠家附近，每天她们都会一起结伴上学。放学之后，还会经常聚在一起去游乐场玩。即使一个人的时候，珍珠有时也会放声歌唱，开心地笑出声来。之前，珍珠总是会担心仁宇的安全。即使和自己的朋友们玩了一小会儿，当看到仁宇不在自己身边时，她也会慌里慌张地四处张望。现在好了，以后不用再像从前那样担心仁宇了。

当然，最让珍珠觉得开心的时刻就是放学回到家的时间。珍珠家住在一所多家庭式住宅楼的三层。每次当珍珠推开楼下的大门往家里走，在上楼梯的时候，她就开始不停地呼唤着：

“妈妈，妈妈，珍珠回来了！”

每次走到玄关前，她就能闻到一股甜甜的味道。妈妈会用做烤面包生意时买来的面粉做香甜可口的蛋糕，或者做炸面包圈，总之，每天都会换着花样做好吃的点心。每当妈妈和姐弟俩相对而坐，开心地吃蛋糕或炸面包圈时，妈妈就会不停地问这问那的，像个什么都不知道的孩子一样问东问西。

“今天学什么了？有没有什么有趣的事？”

“妈妈，我今天上体育课了，我跑步得了全班第一名。”

“真的？”

“嗯，是真的。男生们分成一组，女生们分成另外一组，我是女生中的第一名，善敏是第二名，好晶排第三。”

“真不知道我的珍珠这么擅长跑步啊。我的女儿真是无所不能呀！长得又好看，舞跳得也好，嗯，连跑步也这么擅长，真好！”

“哈哈，妈妈，您这个蛋糕做得太好吃了。如果用来卖的话，生意肯定会很火的！”

“是吗？妈妈重新开始做生意的话，你们觉得怎么样呢？”

“等妈妈身体痊愈的话，我们来开个卖三明治的小店吧。那个时候，妈妈再做也不迟。”

“是吗？好想法！这样说的话，我们马上就能成为有钱人的。如果妈妈可以挣很多钱的话，就给珍珠单独弄个房间，要贴上像公主的房间一样的粉红色壁纸，然后系上精美的窗帘，装饰得漂漂亮亮的，怎么样？”

“嗯，听起来真让人期待呀！”

珍珠想象着有朝一日自己能住在那个房间中的场景，每到此时，仿佛痛苦和担忧都被抛在了儿童之家之中。寒冬过去，暖春像是来临了，因为暖春的到来，珍珠的心情每天都很好，她觉得自己连走路的时候步伐都会轻快许多。平时，替腿脚不便的妈妈到附近的超市买东西、到楼下倒垃圾袋等杂活儿，无一例外地都被珍珠包下了。每天好几次上下三层楼，她一点儿都不觉得累。

对珍珠来说，唯一的苦恼就是听写。虽然在儿童之家学过这些内容，但在学校考试的时候，总是还会有一两处出错的地方。虽然没有人会说什么，但看着善敏和好晶每次都拿一百分，珍珠真是非常羡慕她们。朋友们能拿到一百分的话，连珍珠的妈妈都会夸赞她们。珍珠也想在听写时拿一百分让妈妈开心，但每次总是达不到目的。

“草叶。”

“不是草野，是草叶！”

“橡披。”

“橡披？才不是，是橡皮！妈妈，为什么我的脑袋这么混乱啊！为什么总是写不对这些字呢？”

“别这么说，珍珠！你的脑袋一点儿问题都没有。如果经常和妈妈这么练习的话，你就能得一百分了！”

“善敏和好晶都已经至少五次得一百分了。”

“她们从很早开始就跟妈妈一起学习，所以才会做得这么好。之前妈妈不是没办法教你吗？别担心，从现在开始，妈妈就开始全力以赴地帮你。别发愁啦，很快我们就会好起来的！”

虽然想要赖，但趴在妈妈身边学习可不是什么坏事。如果不是那段宝贵的时间的话，独占妈妈的爱，唉，有仁宇在身旁，珍珠想都别想。

“已经三点五分了哦，珍珠。”

“知道了，妈妈我出去了！”

“走快点儿哦。不然仁宇又该像上次那样闹个不停了。”

这个时候已经是仁宇幼儿园的校车开过来的时间。记得有一次，珍珠错过了汽车到达的时间。当仁宇看到家门口没有一个人接他时，伤心得在原地大哭起来。仁宇转到现在这个幼儿园之后，有一段时间，仁宇每天早晨都要耍赖说要跟

着珍珠去上学，这可确实把珍珠和妈妈都愁坏了。也难怪，没有姐姐在的幼儿园里，仁宇肯定会觉得很陌生。

“姐姐！”

仁宇大声地叫着珍珠，然后飞快地从汽车上跑了下来。仁宇还一直担心车窗外面见不到姐姐呢。每个没有妈妈陪伴在身边的夜晚，仁宇的身边总有着守护自己的姐姐。仁宇总担心珍珠会因为在新的学校结交了新的朋友玩而忘了自己，总是会暗暗地露出一点点醋意来。

“姐姐，今天善敏、好晶和姐姐一起去游乐场玩了吗？”

“是的。”

“我也想去，可是你整天就知道和你的朋友玩。”

“不用担心。待会儿吃完晚饭后，我们就一起出去玩！”

“姐姐之前不是说还要和妈妈练习听写吗？”

“不用了，我刚才已经和妈妈练完了。一会儿我们和妈妈一起去玩吧！”

“太好了，就这么说定了哦。”

每一天，每一个家庭都会为点点滴滴的日常生活琐事忙碌着。没有担忧、没有忧虑，能够像其他人一样，像其他的邻居一样，妈妈和珍珠、仁宇之间依靠着小小的期待和约定紧密地联系在一起。晚饭过后，妈妈就带着两个小不点儿去小区附近的体育公园散步。妈妈到那里可以在运动器材上锻炼身体，珍珠和仁宇则和小区的孩子们一起玩跑步比赛。对于孩子们来说，比赛的输赢并不重要。只要珍珠和仁宇尽全力跑，妈妈总会站在旁边给他们鼓掌加油，那热烈的掌声，就像会永远跟随着珍珠奔跑的脚步似的。

这样的幸福，这样的春天，是多么值得让人永远铭记的灿烂时光啊！

妈妈的影像信10

珍珠，你好！

我们早晨还见面了，是吧？

现在你已经去上学了，仁宇也去了幼儿园，

妈妈在家洗了碗，打扫了房间。

在清理房间时，妈妈找到了这个，

就是被仁宇弄丢的你的宝贝发卡。

原来，这个发卡是和仁宇的机器人搅合在一起了。

还好找到它了。我的宝贝女儿，明天就可以戴着它了。

妈妈要给珍珠梳漂漂亮亮的辫子，

然后再把发夹卡到珍珠乌黑的头发上。

我的女儿真是太可爱了！

妈妈还洗了衣服，

洗了你的和仁宇的。

你总是问妈妈为什么不买台洗衣机。

珍珠啊，你不知道，

洗衣服其实是项非常锻炼臂力的运动呢。

如果经常运动胳膊的话，

妈妈胳膊发麻的感觉似乎就会变得好一点儿。

妈妈一边用手搓着你们的衣服，

一边用心地祈祷着。

像是用肥皂把你们一天沾在衣服上的灰尘和泥土都搓掉似的，

那些让我们珍珠、仁宇与朋友之间的不开心、不快乐的烦恼，通通都让妈妈帮你们清洗干净吧。

衣服洗干净的话，当看到干干净净的衣服，

妈妈就觉得是把你们身上的厄运也都洗掉了一样，

心情会突然变得很平静。

每次把洗好的衣服晾在阳光下的时候，

我总能看到你们在晴朗明亮的阳光下，那天真可爱的笑容。

珍珠啊，妈妈最近好多了。

为你们做饭，

为你们洗衣服，

为你们俩收拾好干净的房间，妈妈每天都过得很开心。

早知道这样的话，

为什么不早点儿这样做呢？

说不定比去医院看病、打抗癌针的效果更好呢。

珍珠，如果你以后知道妈妈已经中断第3期的抗癌治疗后，你也不要难过。

妈妈不是放弃治疗，

比起在医院接受冷冰冰的注射治疗，

你们俩对我来说是更有疗效的药物。

我会抗战到底的！绝对不会放弃！

珍珠、仁宇，妈妈爱你们！

直到永远！

第十一章

离别

时光飞逝，转眼已是夏天，静静地坐在教室里一动不动，都会叫人汗流不止的天气。上小学一年级的珍珠就要迎来她小学阶段的第一个暑假了。放假的前一天，珍珠所在的第四班正在进行期末听写测试。

“今天会是一学期内你们所有的测试中最容易出错的一次。这次考试考得好的同学，老师会给奖励哦！如果听写错三个以上的同学，老师会罚他每天都做听写练习哦，以此作为暑假作业。”老师说话的表情看上去很严肃。

听了老师的话，孩子们一下子就忘记了天气的炎热，全神贯注地关注考试内容了。即使老师不说这些话，珍珠也想尽最大的努力考好这次测试——因为她太想拿一百分了，想得到老师的奖励，带回家给妈妈看。

“世界上最强状的公鸡。”

“世界上最强壮的公鸡。”

“长得非常像妈妈。”

“长得非常象妈妈，不，是像。”

“马上去。”

“蚂上？马上？马上去。”

总共十道题。不一会儿，老师就把答卷收了上来。评完分后，又一个一个地点名发了下去。

“李珍珠。”

“到。”

“一百分，做得太好了！放假的时候记得多读些书，认真写好日记哦！”

珍珠高兴地从老师的手中接过考卷，还有作为奖品的日记本。正当珍珠默默地开心时，突然听到有人在外面呼喊珍

珠的名字。是姨父！

“很抱歉。我找一下这个班的李珍珠……”

“姨父，我在这儿。”

姨父为了征求老师的同意，特意和老师走出了教室，用非常低沉的嗓音与老师交谈着。

等了一会儿后，老师回到了教室，急忙走到珍珠身边，声音中透出了焦虑：

“珍珠啊，快跟姨父走吧！”

“我收拾一下书包。”

“不用，老师会帮你收拾好交给善敏的。快来不及了，听说是妈妈想见珍珠，赶快回去吧！”

“但是这个……”

珍珠紧忙拿着考了一百分的试卷，妈妈看到后一定会为自己开心的。

“姨父，妈妈在哪里呢？”

“现在在医院。”

“医院？那我们现在是去医院吗？”

“不，去接仁宇！”

“……”一种不祥的预感涌上心头。

虽然想问姨父，为什么妈妈会在医院里，但珍珠最终也没有问。从前几天开始，珍珠就知道妈妈的身体又开始疼痛了，珍珠也知道妈妈吃药的次数渐渐地增多了。

“姨父，我们不带仁宇去可以吗？”

“为什么这么说？”

“仁宇讨厌医院，还害怕注射，他还讨厌药味。妈妈本来就很疼，如果仁宇再闹起来的话，妈妈会觉得更疼的。”

“妈妈现在不会再痛了。”

珍珠听到这些话，心里变得非常紧张。

“珍珠啊，姨父要快点儿带你们过去啊……只有这样才能和你妈妈打上招呼啊。”

“……”

珍珠有许多想问的话，但她什么也没有说。珍珠特别特别想问妈妈到底发生什么事了，为什么需要跟妈妈打招呼。但是，她害怕姨父回答她的瞬间，自己所有不安的预感都会全部变为现实。从幼儿园带仁宇出来重新坐上车后，珍珠的嘴巴始终紧紧地闭着。

“姨父，我冷。我们关上空调不行吗？”

“姐姐，你怎么会冷呢？姐姐的额头都出汗了，怎么还会觉得冷呢？”

车窗外分明是沥青路上都散发出热气的炎热天气，即使开足空调，也是略带凉爽的暖风，但是珍珠却全身不停地发抖。不管怎么用力咬紧牙齿，她的嘴唇都是抽搐着，就像是晕车一样眩晕的感觉。

“姨父，您稍微开慢一些吧，我害怕！”仁宇不安地说。

“没有时间了，你们稍微再忍一会儿吧。”姨父也很紧张。

“姨父，妈妈在等我们吧？”

“当然，没看到你俩之前，妈妈哪儿都不去，她绝对不会闭上眼睛的！”

珍珠心里暗自祈祷，如果堵车的话就好了！如果信号灯变为红灯的话，那么他们就永远也到不了医院。妈妈见不到他们的话，哪儿都不会去的。但到了医院之后，珍珠才意识到自己的想法是多么徒劳。她把仁宇放在等候室中，自己和姨父走进病房时，妈妈的脸已经用白布遮住了。珍珠用颤抖的双手，全身战栗地把那层布掀开后，妈妈却再也睁不开自己的眼睛了。

“就这么走了，那怎么行呢？得见到孩子之后再走啊！都忍了这么久了，再等一下总该可以吧！都还没来得及跟孩子们打招呼呢，这怎么办呢？”

一见到珍珠，姨妈就释放出忍了许久的哭泣声。姨妈对珍珠说，他们一去上学，妈妈就给姨妈打来了电话。等姨妈飞奔到珍珠家里时，被疼痛折磨的妈妈已经失去了意识，送到医院后连大夫都束手无策了。没跟姨妈留下一句话的妈妈，就这样停止了呼吸——就在珍珠和仁宇来到医院的几分钟之前。

“妈妈，妈妈睁开眼睛看看我们啊！我是珍珠啊！妈妈您看看这个，我考了一百分，这都是和妈妈一起学习的结果。妈妈，您不可以走啊！您不是跟我约好的吗？说永远都不会离开我们，跟我们约定好了会永远在我们身边的。妈妈，妈妈，您睁开眼睛呀！我害怕！”珍珠悲痛地哭喊着。

“珍珠啊，不要这样！这样的话，你妈妈就没法去到另外那个没有疼痛的地方。快跟妈妈说你爱她，让妈妈舒舒服服地休息吧！”

姨父扯开哭得一塌糊涂的、紧紧抱着妈妈的珍珠，但珍

珠一步也不想离开妈妈。

“妈妈说过和我们待在一起是世界上最好的事。”

“我知道，我知道！但要走的人始终是要走的。仁宇不是还没跟妈妈打招呼吗？”

仁宇，一听到仁宇的名字，珍珠仿佛就像掉进冰窟窿似的，全身升起一股凉气。真不知道到底该如何跟仁宇说明这种状况。

“珍珠，去带仁宇过来。不要惊吓到弟弟，知道吗？”

不要惊吓到仁宇。妈妈平时也会那样说的。珍珠就好像听见了妈妈的声音一样。

进入病房的仁宇愣头愣脑的，还不知道将有多么悲伤的事情在等待着他。姨父用低沉的声音说道：

“仁宇啊，妈妈睡着了，睡得很沉很沉，妈妈要睡好久。所以你现在也许暂时见不到妈妈了。进去吧，去跟妈妈打个招呼，让妈妈好好睡觉吧！”

“姐姐，是这样的吗？”

仁宇慢慢地走到妈妈身边，静静地抓住她的手，眼睛一眨不眨地望着珍珠。珍珠怕哭出声来，紧紧地闭着自己的嘴

巴，使劲地点着头。

“妈妈要到什么时候才会醒来呢？”

“等到以后，等到我们都长大了的时候。”

“现在妈妈不可以醒过来吗？”仁宇的表情透出悲伤来。

“那样不是又要身体疼痛了吗？难道你认为妈妈喜欢一直这样疼下去吗？”

“不，妈妈不喜欢。”

因为仁宇的懵懂，无声的哭泣一下子钻进了珍珠的心里。小小的珍珠，心脏却像被撕碎了一般疼痛。姨父用力地按着珍珠的肩膀。

“打完招呼后，就要送妈妈走了。”

“妈妈，你现在不疼了吧？妈妈不用担心仁宇，我会按照和妈妈的约定好好照顾他的。妈妈，谢谢您养育我们，谢谢您这么爱我们。妈妈，我非常非常爱你。”珍珠已经泪流满面了。

就这样，珍珠带着无尽的不舍和悲痛，静静地与妈妈作了最后的告别。

妈妈的最后一封影像信

珍珠啊，妈妈最开始拍这段影音文件时就在想，

我还能够跟你待很长的一段时间。

即使是最艰难的瞬间，

只要我们在一起，也能笑着回忆。

但现在，如果是你一个人看的话，

就说明我已经不在你的身边了。

对不起，珍珠！我的女儿！

妈妈不该让你这么艰难，

那么早就像个大人一样懂事，

忍受那么多的哭泣，

这么狠心地留下你们两个这么小的孩子，

独自一人离开……

珍珠应该很怨恨妈妈、很讨厌妈妈吧？

但是珍珠啊，你一定要相信妈妈啊！

为了能和你们多生活一天。

妈妈真的已经尽了自己最大的努力了。

第一次从医院得知自己患上了癌症时，

我就已经被医生告知，说我只剩下一年的时间了。

但妈妈一共做了三期抗癌治疗，

妈妈竟活了三年。

虽然痛苦，

但生活的每一天都可以给你们我的爱。

妈妈觉得自己活着的最大价值，

就是给你和仁宇最大的爱。

即使我们已经相隔很远了，

你们都还会记住妈妈的爱吗？

那些喜悦的日子，那些好日子，

无论多艰难的时候，无论多孤独的时候，

一定记得呼唤妈妈。

妈妈会一直待在你身边的，永远守护着你！

珍珠啊，谢谢你的降临。

虽然妈妈在世上的日子很短，

但作为你和仁宇的妈妈，我觉得很幸福，很幸福。

我全心全意地爱着你们，

我的女儿珍珠，我的儿子仁宇！

第十二章

回信

妈妈离开以后，珍珠一下子就病倒了，而且一病就是好长时间。就好像消化不了积了食似的，总感觉胸口有个沉重的东西压着。珍珠任何东西都吃不下，有时连呼吸都觉得很困难。有好几天，珍珠每天都让仁宇给她捶好几次背，但无论怎样，那个沉重的东西一直都搁在胸口一动也不动。虽然用力地呼吸，但依然还是觉得疼痛。仁宇一刻不停地出现在珍珠的视线之中，总是提醒着她所发生的悲伤的事情。仁宇也担心姐姐会像妈妈一样变得身体疼痛，担心姐姐也会因为

疼痛要睡很久很久。所以，只要看到珍珠稍微有一些异样，仁宇就瞪大了双眼，露出无比惊讶和恐慌的神情。这样的场景对于珍珠来说，至今仍历历在目。

要快点儿振作起来，也要好好地吃饭，要更加努力地念书！不管自己有多难过，都还有仁宇在身边呢！当珍珠微笑的时候，仁宇的话也会变得多起来；而当珍珠忧愁的时候，仁宇也不会再出去玩。看着仁宇，珍珠似乎也体会到了当初妈妈的心情。珍珠渐渐地明白了，为什么妈妈会边和癌症做斗争边卖烤面包，即使再疼痛难忍也不放弃做抗癌治疗的机会。每当想起那样拼命支撑着自己生命的妈妈，珍珠心口中的那块东西就像火球一样炙热。

胸口的那块东西，正是在看了妈妈的信以后忽然消失的。最初影像文件只要一播到妈妈呼唤珍珠的时候，珍珠就会忍不住地流泪。往往是哭了好几次之后，又忍不住从头开始看，等到重新看的时候，不免又要哭了。不知究竟哭了多久，曾几何时，珍珠开始在看妈妈留下来的影音文件时突然不哭了。她喜欢看妈妈的笑容，看到那些画面就像是看到妈妈的希望一样，看到妈妈所给予他们的疼爱。有时候，珍珠

甚至觉得妈妈就并排坐在自己身边，正和自己一起看影像文件呢！珍珠非常想小声地召唤妈妈。她有许多许多的问题想要请教妈妈。

“妈妈，我可以管姨妈叫妈妈，管姨父叫爸爸吗？”

“那样的话，珍珠就永远都不会忘记妈妈了呀！”

没错，妈妈会那样回答的。妈妈一直都非常了解珍珠的内心想法。

“妈妈，我想重新去学跳舞。当我再次站在舞台上的话，您还会为我加油鼓掌吗？”

“当然。妈妈永远会坐在舞台最前面的位置，会比任何人的掌声都要响亮！”

就是因为有着这样的场景，珍珠从那时起，又重新开始学习舞蹈。每当配合着舞蹈房响起的音乐声转动着身体时，珍珠总会回想起妈妈望着舞台上的自己，脸上露出的幸福表情。珍珠一边想着妈妈，一边跟随着音乐的节拍跳着柔美的舞蹈。渐渐地，她从舞蹈中慢慢地寻找到了心态的平和。就那样，转眼间已是两年过去了。

“珍珠，我们一起走吧！”

“啊？原来是善敏啊，快来快来！”

三年级的第一个学期马上结束了，暑假忽地一下就来临了。

“哎哟，真累死我了。珍珠你在想什么呢？我刚才那么大声地叫你，你都没听见哦。为了能够跟得上你，我可是跑了好半天呢。”

“嗯？对不起呀，善敏。其实我什么都没想。”

“我又以为你在想才艺表演的事呢，看你的表情那么投入。对了，你不是很喜欢才艺表演这件事吗？”

放暑假前，各个班级都决定要出各类的才艺表演，这件事情成为了孩子们目前最大的关注点。

“对了，我们一起跳支舞怎么样？”

“跳舞？”

“嗯。我昨天去问了学校的老师，他答应为我们编几支可以练习的舞蹈。但是，我们需要和男生一起来跳。”

“天啊！真的吗？可是我最讨厌与男生一起搭对跳舞了。就算是我同意的话，那些讨厌的男生，他们会愿意吗？”

珍珠就知道善敏会是这种反应。孩子们都是这样，即使心里喜欢，嘴上可绝对不会说出来。

“我会跟男生们商量的。你知道吗？他们私下里都说很愿意跟女孩们一起玩的，但就是因为难为情，所以才没有机会说出口。何况你在男生中可是最有人气的哦！哪个男生不愿意和你搭对呢？”

“啊，那我可不知道。不过这件事想想会很有意思吧。哈哈！”

到了三年级，男孩和女孩之间经常会爆发打架事件，其实，这背后的原因，恰恰是因为包含着一种程度的关心，还有彼此喜欢的心情。珍珠不知道为什么他们明明喜欢，嘴里说出来的话却和内心的想法永远得表现都不一致。珍珠觉得，大概是因为放学后，她和朋友在一起的时间并不多的原因吧。

珍珠向着远处的天空眨了眨眼睛。

“珍珠，我的孩子，你在听吗？你心里的疑惑是很有趣的话题呢。我以后再告诉你如何判断男孩子的反应，怎样看透女孩子的心理吧！”

才艺表演过后，珍珠和妈妈之间探讨的话题更多了。几天后是妈妈的两周年忌日。珍珠决定和姨妈、姨父一起，把妈妈的骨灰放置到骨灰堂里。看过妈妈的影像文件之后，姨妈和姨父偶尔会带着珍珠到骨灰堂去。姨父和姨妈认为：比起让孩子们忘记妈妈的去世带给他们的痛苦，不如想方设法地减少这种痛苦。

妈妈忌日的前一天，珍珠从文具店买回了漂亮的信纸——她准备为妈妈写一封真挚的回信。

给妈妈的第一封回信

妈妈，我是珍珠。

我没法用摄像机录影，所以这样写信给您了。

妈妈，仁宇和我，我们过得都很好。

仁宇很擅长踢足球，他总说将来要成为一名厉害的足球运动员。

我在才艺表演中和朋友一起跳双人舞，我也是舞台上的人气王呢！

妈妈，您如果看到的话，肯定会很喜欢、很为我们开心的。

妈妈，您离开我们已经有两年了，

直到今天，我依然特别特别想见妈妈。

非常非常想再次见到您。

有时候，我好像真的会见到您一样，

在我晚上入睡之前，您会跟我说晚安，会温柔地抱着我，

早上还会用明朗的笑容把我叫醒。

妈妈，您不用担心仁宇。

我会好好地照顾他的。妈妈您一定要相信我啊！

就像因为有我们，您获得了活下去的希望一样，

我也是因为有妈妈，有妈妈给予我们的爱，

我才能拿出更多的勇气，来精神饱满地迎接每一天的生活。

我会再次给您写信的。

妈妈，我爱您！永远永远都爱着您！

附言：妈妈，我觉得您是世界上最好的妈妈。

写完信后，珍珠打开窗户望着远处的天空。此时的天气，就像妈妈走的那天一样闷热。妈妈会读到这封信吗？

当珍珠这样想时，不知从哪里吹来了一丝微风，轻轻地撩起了珍珠的发梢——就像是妈妈在轻柔地梳理着珍珠的长发。

尾声

我们过得很好

2006年开始播放“人类纪录片——爱之系列”以来的六年多的时间里，我已经写过、同时也见过很多故事的主人公了。最初在与他们见面时，我只是觉得他们都是我们周围经常可以见到的最为普通的爸爸、妈妈、儿子、女儿。但每一个家庭在遭遇痛苦时，当他们在经历危机时，要面临痛苦的离别时，他们就会表现出比电视剧的主人公还要强大的勇气和挚爱的情感——崔正敏女士也是如此。在跟病魔做斗争的两年时间里，她要拖着虚弱的身体为了孩子们做生意，总是

忙到深夜。即便如此，她也不表露出任何疲惫的表情。当她在接受与孩子们有关的采访时，眼睛中时刻都闪烁着晶莹的泪花。

看到虽然只有七岁大，但内心却很复杂的孩子为了自己的妈妈，握紧蕨菜般的手祈祷的片段时，我们的编辑室里充满了低沉的哽咽声。在医院拍摄时，虽说并没有多少希望之光，但崔女士的精神感动了身边的所有人。原本跟她并不熟悉的制作团队成员，任何人都坚信她为了自己的孩子们，最终能够战胜癌症。大家都恳切地期待着奇迹的发生。

崔女士的身上有着他人无法模仿的爱。她也想让这份爱更长时间地留存下来。拍摄结束后，我们跟她说，如果一年以后她痊愈的话，就会再一次地用摄像机记录下她的家庭那幸福快乐的场景。但是，令人遗憾的是，就在纪录片播出的第二个月后，烤面包妈妈崔正敏带着深深的不舍，永远地离开了自己深爱的孩子们，离开了这个世界。

故事中妈妈的影像文件是根据我们对崔正敏女士的采访整理出来的，我们想通过这种方式，把孩子们无法再次听到

的妈妈的话语传达出去。听到崔正敏女士离世的消息后，我们想到她之所以会答应拍摄“纪录片爱之系列”，也许正是想把自己的故事留给自己深爱的两个孩子吧。

两个孩子现在过得很好。就像故事中所描述的一样，他们现在和姨妈、姨父一起生活，他们很听话，并已经开始叫他们爸爸妈妈了。较大的孩子就像妈妈一样照顾着自己的弟弟，而弟弟则没有丢掉自己明朗的笑容。虽然对小孩子来说，失去妈妈是难以承受的巨大悲痛，但他们却能勇敢地战胜它，勇敢地面对未来的生活。这也多亏了妈妈留给他们的记忆。对两个孩子来说，在以后成长的道路上，可能没有什么比曾经得过的母爱更有力量了——烤面包妈妈崔正敏的两个孩子，他们拥有着这个世界上谁都会羡慕的巨大能量库。

写写读后感吧